# 強引社長といきなり政略結婚!?

紅カオル

STARTS
スターツ出版株式会社

# 目次

## 強引社長といきなり政略結婚!?

番外編

特別書き下ろし番外編

# 強引社長といきなり政略結婚!?

# 出会って五秒でプロポーズ!?

吐き出した息が、一月も終わりに近づいた空に白く立ち上っては消えていく。キンキンに冷えた空気は手袋にストール、厚手のコートという完全防備の私の耳を今にも凍らせようとしていた。

スタッフ用の出入り口から店に入り、上着を脱いでセミロングの髪をシュシュでまとめ、黒いエプロンのリボンを腰で結んだ。

ロッカー備え付けの小さい鏡で笑顔の確認。

「よし、行こう」

軽く気合いを入れて厨房へ続くドアを開けると、そこではこの店のオーナーである田辺(たなべ)さんが左手でフライパンを忙しなく振っていた。

「田辺さん、お疲れさまです」

「汐里(しおり)ちゃん、お疲れ！」

私、藤沢(ふじさわ)汐里は三ヶ月前から、喫茶店『木陰(こかげ)』でアルバイトをしている。

赤レンガ造りの平屋の古い店構えにダークブラウンの落ち着いた内装。ちょっと懐かしい感じのするオレンジ色のレザーソファが置かれた店内は、〝カフェ〟というよりは〝喫茶店〟と呼ぶほうがしっくりくる。そこに〝昭和の〟とつけたら、まさにぴったりだと思わずにはいられない。それがここ、木陰だ。

どんどん新しくなっていく街の風景の中、この店だけ時間が止まってしまったような感覚がするけれど、そういった懐かしさを求めてやってくるお客さんは意外に多く、店内はいつも賑わっている。

私の勤務時間はだいたい四時間くらい。大学を卒業してから二十八歳のこの歳になるまで、花嫁修業という名目で料理やお茶に生け花、それから着付けと、いわゆるお嬢様のたしなみというものを習わされてきた。初めての仕事にもすっかり慣れてきたので、そろそろ勤務時間を延ばしたいと思っている。

いわゆるお嬢様の私が喫茶店でアルバイトをしているのは、父の会社が傾きかけているからだ。

父は、関東近郊に『藤沢ゴルフ倶楽部』という名のゴルフ場を七つほど経営しているが、その会社はここ数年右肩下がりが続き、いよいよ財務整理の手前にまできてしまった。

家がそんな状態なのに、呑気に〝お嬢様〟をやってはいられない。少しでも家計の足しになればと思い仕事を探していたけれど、社会経験のない私にできることはたかが知れていた。たまたま通りかかったこの店で〝アルバイト募集〟の張り紙が貼ってあるのを見つけたのはそんなときだった。

迷っている猶予はない。カランコロンと鳴るドアをくぐり、『雇ってください！』と頭を下げたのだ。

「ゆかりちゃん、お疲れさま」

「汐里さん、お疲れさまです！」

私より早く出勤していたゆかりちゃんは、私が声を掛けると、パッと顔を明るくさせた。

彼女は二十二歳の大学四年生。ぱっちりした目とプルンとした唇は、アイドル並みのかわいらしさ。顎のラインまである天然パーマの髪はちょうど良い具合にふんわりとしていて、まるで最初から狙っていたような〝ゆるふわヘア〟だ。

田辺さんは『この店には看板娘がふたりもいて助かるよ』なんて、私とゆかりちゃんを指して言ってくれるけれど、それは私に対する社交辞令だとわかっている。だって、まれに綺麗だと言われることはあっても、かわいいと言われたことは一度もないのだから…。

たぶんそれは二重ながらも切れ長な目元と、百六十五センチある身長のせいだろう。百五十センチにも満たないゆかりちゃんの隣では、悲しいかな、私は威圧感のある〝大女〟になってしまう。

料理のできあがりを待ちながら厨房を背にしてゆかりちゃんと並んでいると、彼女が私の腕をツンツンと突いた。

「汐里さん、あそこのお客さんを見てください」

背伸びをしたゆかりちゃんが、私の耳に向かって声をひそめる。

彼女の視線の先をたどっていくと、そこには三十代前半くらいのスーツ姿の男性が二人掛けテーブルにひとりで座っていた。注文に悩んでいるのか、メニュー表をぱらぱらとめくっている。

「カッコイイんですっ」

ゆかりちゃんの声が弾む。

……カッコイイ？

もう一度そちらを見て観察すると、まず目に入ったのは意志の強そうな眉だった。

男性にしては綺麗に整えられたアーチ形をしていて、細い鼻梁(びりょう)もみごとに通っている。

サラサラの髪の毛は店内に差し込む太陽の光に透けて、美しい亜麻色(あまいろ)をしていた。

なによりも目を引いたのは、彼の醸し出すオーラだった。昭和下町の匂いがプンプンするこの店に似つかわしくない、どこか高貴めいたものを感じる。それが内からにじみ出るものなのか、それとも着ている高級そうな黒いスーツのせいなのか、とにかく周囲とは一線を画していた。

店内にいる客はだいたいが五十代以上の年齢層だから、ゆかりちゃんが色めき立つのも無理はない。

ふたり揃ってじっと見入っていると、いきなりその男性が顔を上げた。

左右対称の瞳が真っすぐにこちらを見たものだから、そそくさと目を逸らす。

隣のゆかりちゃんは、「やっぱりカッコイイ」と口に手を当てて小声ではしゃいだ。

ちょうどそのとき、「唐あげセット、上がったよ！」と田辺さんが厨房から元気のいい声を上げる。

「はーい！」

素早く反応したゆかりちゃんはできあがった唐あげの皿を両手に持ち、テーブル席へと向かった。

その席には年配の男性ふたりの常連さんが座っていて、ゆかりちゃんに「今日もかわいいねぇ」なんて言って、鼻の下をデレデレと伸ばしている。そして、あろうことかそのうちのひとりが、ゆかりちゃんのお尻をタッチした。

「キャッ！」

「やっぱり若い娘のお尻は張りがあっていいねぇ」

――もう！　毎度毎度、本当にしょうがないんだから！

彼らは、まるで恒例行事のようにゆかりちゃんにちょっかいを出すのだ。さすがに今日のはひどい。

ニヤニヤとしているその客の元へ駆けつけ、彼の手をペチッと叩いた。

「イテッ！」

彼が即座に手を引っ込める。

「なんだよぉ、汐里ちゃん。ちょっとくらいいいじゃないかぁ」

「ちょっとじゃないです！　本当にやめてください！」

ぴしゃりと言い放ち、まったく懲りないふたりに、私はいつも以上に険しい表情を浮かべて睨んだ。

「おぉ、こわっ！　汐里ちゃんさぁ、せっかく美人なんだから、もうちょっと優しくしたほうがいいんじゃないか？　男がみんなビビッて逃げちゃうぞー？」

「うんうん、やっさんの言うとおりだ。そんなんじゃ嫁のもらい手もなくなるってもんだ」

ふたりが突然結束を強める。言いたい放題だ。

でも、嫁のもらい手ならとっくの昔になくなっているし、今さらどうにかなるものではない。父の持ってきた縁談は、ことごとく失敗に終わっている。

私のことを深窓（しんそう）の令嬢と思ってお見合いを受けてみれば、それは見た目ばかり。気が強くおてんばだということが初デートで即ばれて、たいがいはその後に断りの連絡が入る。

そうかといって、今さらこの気性が直るわけでもない。軌道修正するくらいならば、結婚を諦めるほうが簡単というわけだ。こうしてせっせと働いているのは、父の会社を助ける、いわゆる政略結婚ができない私のせめてもの罪滅ぼしの意味もある。

「汐里ちゃんもさ、もっと男に隙を見せたほうがいいぞー」

今度は私のお尻まで触ったものだから、無意識のうちにその手を掴んで捻り上げた。

「イテテテテ！」

お嬢様のたしなみとして護身術をマスターしているのだ。私に手出ししようとしても無駄なこと。

「汐里ちゃーん、許してやってくれよ」

もうひとりのお客に懇願され、ゆかりちゃんにまで「汐里さん、その辺で……」となだめられ、やむを得ずパッと手を離した。

「おぉ、イッテー。こりゃ結婚どころか、当分彼氏も無理だな」

余計なひと言を加えた彼をもう一度懲らしめようかと思ったときだった。私の目の前に大きな影が立ちはだかる。

なんだろうかと見上げれば、それはついさっきゆかりちゃんと噂していた〝スーツのイケメン〟だった。

座っていたときにはわからなかったけれど、百六十五センチの私でも見上げるくらいの高身長だ。息を呑むほどの端正な顔立ちにうっすらと笑みを浮かべて、私を見下ろしている。

「あの、なにか……？」

ちょっとした緊張に身体を硬くした次の瞬間――。

「気に入った。結婚しよう」

その男性は、涼しい顔をして言葉を放った。

「……はい？」

今、『結婚しよう』って言った？　……私に？

賑やかだった店内が一気に静まり返る。

……あ、そうかそうか。私じゃない。私の後ろにいるゆかりちゃんに向けた言葉に違いない。

そう気づいた私が身体をよけようと足を一歩横に出すと、どういうわけか彼の視線までついてきた。

え？　なに？　どういうこと？

まばたきを繰り返していると、彼はもう一度同じ言葉を口にした。

「俺と結婚しよう」

私の斜め後ろに立つゆかりちゃんから「きゃー」という黄色い声が上がる。

目をぱちくりとしたまま彼を凝視する。突発的な事態に、私は身体も頭も反応できなかった。

……この人、頭が……どうかしちゃった？

そうじゃなきゃ、見ず知らずの私にいきなりプロポーズなんてしないだろう。もしくは、新手の詐欺師だ。自分がイイ男だと自覚していて、見るからに男にモテなそうな私を騙してお金をせしめる気じゃないか。うん、そうだそうだ。

納得できる答えを導き出し、不覚にもドキッとした心を鎮静化することに成功した。

「結構です」

両手を胸の前で広げ、きっぱりと断った。

席に戻るよう、目で彼に伝えて毅然とした態度を貫くと、彼がもう一度私のほうへ近づいてくる。

——こ、今度はなに？

警戒態勢をとる私の前で、彼は自分の胸元を探った。

「汐里さん、また来るよ」

そう言って私に名刺を差し出す。

どうして私の名前を？

……そうか、きっと常連さんやゆかりちゃんとのやり取りを聞いていたのだ。

優雅な笑みを浮かべ、彼が私の手をギュッと握る。

普段の私だったら、露骨なボディタッチにパンチのひとつでも出ていたところなのに、このときはなぜかボーッとしてしまい身体が硬直状態だった。

爽やかな空気とともに彼が去ると、ゆかりちゃんがすぐさま私の腕を掴んで店の隅へと連れていく。

「ちょっと汐里さん、今のいったいなんなんですか!?」

私のほうこそ聞きたい。

すると突然、彼女は私から名刺を奪い取った。

「――え⁉　『コンラッド開発』の社長⁉」

お客さんがいることも忘れて、ゆかりちゃんは大きな声を上げた。

「コンラッド？」

私が首を傾げると、ゆかりちゃんは「うそ……、知らないんですか？」と大きな目をさらに見開く。

「ここ何十年かで急成長して、『インテルノホテル』とか『マヒナリゾート』とかも全部この会社の系列なんですよ！」

「……ゆかりちゃん、詳しくない？」

「だって私、入社試験を受けたけど落ちたんです」

改めて名刺を見ると、〝株式会社コンラッド開発　代表取締役社長　朝比奈一成(あさひないっせい)〟とあった。

「汐里さんが、そこの社長にプロポーズされるなんて！」

ゆかりちゃんは両手を胸の前で握り締めて、キラキラと目を輝かせた。

「ちょっと待って、ゆかりちゃん。どう考えてもおかしいでしょ？」

「なにがですか？」

「会ってすぐに結婚しようなんて、普通は言わないでしょ」

頭のネジが一本抜けているどころの話じゃない。十本――いや、二十本は足りない。

「……うーん、まぁ、そうですけどぉ」

ゆかりちゃんは顎に人差し指を当てて思案顔を浮かべた。

「詐欺だよ、詐欺。そんな有名な企業なのだとしたら、あの人、社長にしては若すぎるでしょ？」

もしかしたら、この名刺も偽物かもしれない。

「最近、社長が若い人に交代したんですよ。ちゃんと覚えていないけど、社長の写真すごくカッコ良かったし、本人って言われればそんな気もします！」

「やめてよ。詐欺師に決まってるんだから」

「そんなことないですってば。いいなぁ～、汐里さん」

うっとりと夢見るような表情をするゆかりちゃんを横目に、詐欺にしてはよくできている名刺をポケットにしまった。確かにものすごいイケメンだったけれど、どう考えてみたっておかしい。

田辺さんの「ナポリタンできたよ！」の声が上がるまで、私は帰り際の彼の笑顔を思い返していた。

「えええ⁉　それで、大丈夫だったのですか⁉　汐里様になにか危害などは⁉」

リビングで紅茶を飲みながら今日の出来事を家政婦の多恵さんに話して聞かせると、彼女は即座に私に駆け寄り、身体のあちこちを確認するような仕草をした。

「それは大丈夫。なにかされたら、いつもみたいにちょちょいのちょいだから」

手を握られただけで身動きが取れなかったということは黙っておこう。

多恵さんは、私より十七歳年上の四十五歳。私の母が亡くなってからは姉代わりとして世話を焼いてくれている。超がつくほどの心配症だけど、私はとても頼りにしているのだ。

「またそんなことをおっしゃって。男の人が本気になれば、汐里様に太刀打ちなどできるはずもないのです。やはり黒木に送り迎えを申しつけましょう‼」

黒木さんは父お抱えの運転手で、私が物心ついたときからこの家に出入りしている。

「そんな必要ないってば。わざわざ車を出すなんてもったいない。きっとその人も、ちょっと私をからかっただけで、もう来ることもないだろうから」

「本当に大丈夫でございますか？　なんなら私が汐里様のお迎えをいたしましょう」

「だいじょうぶー」

歌うように返して、延々と心配事を繰り返す多恵さんを遮った。

そこで多恵さんはようやく諦めてくれ、冷めた紅茶を入れ直してくれたのだった。


その日から一週間、何事もなく平穏無事に毎日が過ぎていった。『また来るよ』と言っていた〝詐欺師〟も、あれから木陰には来ていない。

ゆかりちゃんは今か今かと心待ちにしていたようだけれど、私は変なことに巻き込まれずにホッとしている。

アルバイトを終え、そんなことを考えながら店の外に出たときだった。もう二度と会うこともないだろうと思っていた例の〝詐欺師〟が、にこやかな表情で立っていたものだから、ギョッとして足を止める。

「お疲れさま」

「お、お疲れさまじゃないです。あなた、いったいなんなんですか⁉」

バッグを胸に抱え、後ずさる。

「なにって、また来るって言っただろう。それとも一週間空いたから心配したか。それなら悪かった。ちょっと出張が入ってね」

「そうじゃありません！」

この人、本当になんなの⁉　やっぱり頭がおかしい。そんな人に関わって犯罪に巻き込まれるなんてまっぴらごめんだ。早いところ逃げなくちゃ。

彼に背を向け猛ダッシュで駆けだす。

「ちょっと待て！」

そう言われて待つわけがない。

息を切らせて懸命に走り、細い路地へと入る。そうして曲がり角を何度も過ぎ、逃げ切れただろうと後ろを振り返ったときだった。店の軒先に置かれたゴミ箱にうっかりぶつかり、中身が道路に散乱してしまった。

うそ！　どうしよう！　もう！　こんなときに限って！

私が蹴散らした大きなゴミ箱を元の位置に戻してゴミを拾い集めていると、彼がやってきた。

「大丈夫か？」

「放っといてください」

鼻息を荒くしてゴミを拾っていると、詐欺師は私の前にしゃがみ込んでゴミに手を伸ばす。

「律儀(りちぎ)な性格なんだな」

「あなたには関係ありませんから」

誰のせいでこんなことになっていると思っているのか。

「朝比奈一成」

「……は?」

「俺の名前。〝あなた〟じゃなくて、ちゃんと名前があるから。それにしても、逃げようと思えばできたのに」

彼がクスクスと笑いだす。

〝朝比奈〟って、まだ私を騙そうとしているのか。

「あんまりしつこいと警察に駆け込みますよ?」

今度は脅すことにした。そうでもしないと、この人は本気で家まで追ってきそうだ。

「そうされるのはさすがに困る」

ハハッと能天気な笑いが路地に響く。

「それじゃ、もうこういうことはやめてください」

毅然とした態度を崩さずに言うと、彼は「それも困るな」と屈託のない笑顔を浮かべた。

「どうしてこんなことをするんですか？」

「汐里さんと結婚したいから」

あっけらかんと言う彼の顔を弾かれたように見た。

「からかわないでください！」

「からかってるつもりはないよ。俺は本気」

「…………」

思わず絶句する。プロポーズはおろか、男性にだって免疫はないのだ。状況がどうであれ、そんなことを言われてドキッとしないわけがない。

「イ、イケメンだからって、お、女なら誰だって落ちると思ったら大間違いですから」

胸の高鳴りを誤魔化そうとして、言葉がつっかえてしまった。

「……俺がイケメン？」

自覚がないのかポカンとする。彼は自分を指差して首を傾げた。

「誰彼かまわずに口説いているわけじゃない。プロポーズなんて初めてだ」

そうは言うけれど、〝おはよう〟の挨拶並みの軽さだった。どこにも実感がない。いくら恋愛経験のない私にだって、そのくらいはわかるのだ。

「うそばっかり！」

「はい」

突然、彼がハンカチを差し出す。

「……なんですか？」

「ゴミ拾いで手が汚れただろう」

なんてスマートなことをするのか。

男性からそんな扱いをされたことがないだけに、どぎまぎしてしまう。そんな自分が本当に情けない。

「だ、大丈夫ですから！　ご心配なく！」

立ち上がり、バッグから自分のハンカチを取り出そうとした。

ところが、それがあたふたとしていたものだから、すぐさま彼が私の目の前に立つ。

「いいから、遠慮しないで使って」

「――えっ」

唐突にハンカチで私の手を拭き始めた。

予測できない行為に一瞬ぼんやりとしてしまったものの、すぐに気をもち直して手を引っ込める。ところががっちりと掴まれていて抜けなかった。

不快感をあらわにして睨んだのに彼に動じる気配はまったくなく、無理やり私の手を拭い終わるとハンカチをそのまま握らせた。

「汚れたままでいいと言いたいところだが、洗って返してくれ。汐里さんに会う口実になるからね」

「——なっ！」

朗らかに笑いながらハンカチを指差す。そして彼は、悔しいくらいに優雅な空気をまき散らしながら去っていったのだった。

# 嵐のようにやってきた縁談

　有無を言わさず押しつけられたハンカチを返せないまま、五日が過ぎていた。

　またすぐにでもお店にやってきそうな勢いだったというのにパッタリなのだから、動きのまったく読めない、気まぐれな詐欺師だ。もしかしたら私の頑なな態度が、彼の熱を冷ましたのかもしれない。それならそれでよかった。

　アルバイトを終えて自宅に着き、「ただいま」と玄関を開けたときだった。そこには、なにやら落ち着きなくそわそわとした多恵さんが、私を待ちかまえるかのようにして立っていた。

「汐里様！　大変でございます！」

「なにが大変なの？」

　呑気に尋ねると、多恵さんは眉尻をいっそう下げて私の手を握った。

「詐欺師が来ているのでございます」

　声を抑えて彼女が言う。

「……詐欺師？」

「汐里様が喫茶店で会ったという、あの詐欺師でございます」

彼女の言葉に私は唖然としてしまった。

喫茶店で会った詐欺師って……あの人？　やだ、どうして⁉　まさか、ハンカチを返してもらうために？　その前に、どうやって私の家がわかったの⁉

事情がまったく呑み込めない。

思いもしない展開に頭は大混乱。いくら処理スピードを上げたところで、疑問と驚きしか浮かび上がらなかった。

「それで、今どこにいるの？」

「旦那様とリビングでございます」

父と——？

「なにを話してるの？」

「それが、結婚がどうとか……」

——なにそれ！

多恵さんを置いてリビングへスリッパの音を響かせて向かい、バーンと勢いよくドアを開けてその場に仁王立ちする。

向かいのソファに座っていた彼は私が乗り込んだことで一瞬目を丸くしたものの、

すぐに「こんにちは」と穏やかな笑みを浮かべた。軽く右手を上げて、まるで恋人にでも挨拶しているような仕草だ。

手前に座っていた父がゆっくりと振り返る。

「汐里じゃないか。もう少し静かに入ってこられないのかね？」

父は今年で五十五歳。年の割に豊富な黒髪はオールバックにしており、顔は日焼けで年中黒く、奥二重の涼やかな顔立ちだ。すらっとしているせいか、百七十五センチの身長以上に背が高く見える。母を亡くしてからは男手ひとつで私を大切に育ててくれている。

父は「申し訳ありませんねぇ」なんて彼に言いながら、私を手招きした。

これが静かにしていられようか。父に向けていた視線に鋭さを上塗りして、彼へと注ぐ。

「あなた、どうしてこんなところにいるんですか」

顎を引き、出せる限りの低い声で言った。それなのに彼ときたら、おっとりとした微笑みで小首を傾げて「驚いた？」と返したのだ。

『驚いた？』じゃない。

「ハンカチなら返しますから」

綺麗にアイロンがけしたハンカチをバッグから取り出し、彼に突き返した。自分でもわかるほど眉間に力が入る。

それなのに彼は私の様子に動じることなく、にこやかな笑顔で「ありがとう」とハンカチを受け取るのだから参ってしまう。

「今日ここへ来たのは、汐里さんとの結婚の承諾をお父さまから得るためだよ」

彼は平然と言い放った。

詐欺師が堂々となにを言っているのか。父まで騙されてしまったのか。

「汐里、こちらの朝比奈くんがぜひとも汐里をと言ってくださっているんだ」

「……言っていることが、よくわからないんですけど」

言葉の端々に力を込めて反発をあらわにした。

「とにかくこちらに座りなさい」

父に言われてしぶしぶ座る。

向かいに座る彼は、口元に笑みを浮かべて私のことを見ていた。

「こんなに素敵な方なんだ。汐里も異論はないだろう?」

「ちょっと待ってよ。お父さま、気は確か?」

父は胸を張って、満足そうに大きくうなずいた。

「なんといっても、あのコンラッド開発の社長さんなんだからね」

ついには、喜びを隠し切れないといった様子で声を上げて笑う。どうやら父は、彼が大企業の社長という肩書きだけで信用してしまったらしい。

「本当にコンラッド開発の社長なの？　名刺なんていくらでも偽造できるでしょ」

「汐里、なにを失礼なことを言っているんだ！　うちのゴルフ場も少なからずコンラッド開発と取り引きがある。彼は正真正銘の社長さんだよ」

父は諭すように言った。

……うそでしょ。まさか本当だったなんて。

息を呑んだ私は、開いた口が塞がらない。

「それにね、朝比奈くんは藤沢ゴルフ倶楽部を助けたいともおっしゃってくれているんだ」

「え……？　どういうこと？」

「汐里との結婚を切望してきた朝比奈くんに、うちの状況を黙っているわけにもいかないだろう？　それで藤沢ゴルフ倶楽部の実情をお話ししたんだ。そうしたら、『それならば会社も引き受けたい』と申し出てくれてね。もちろん専務の孝志とも相談しなくてはならないが、うちとしては願ったり叶ったりだよ」

……そういうわけか。父がこの話にホイホイ乗ってしまっているのは、沈没寸前の会社を救ってくれるからだったのだ。つまり、今までのお見合いがそうだったように、政略結婚というわけだ。

「だけど……。お父さま、私の結婚相手をそんなに簡単に決めちゃうの？　どういう人かもわからないのに」

拳をギュッと握り締め、父に抗議する。いくらなんでも今日会ったばかりの人に、娘と会社の両方を差し出すなんて迂闊すぎはしないのか。

「汐里、その人に対する印象というのはね、だいたい会ってすぐにわかるものだよ。私も長年、会社のトップとしていろんな人に会ってきているからね。信用ならない相手なら、早々に追い返しているところだ。彼なら汐里も会社も任せられると思ったから、こうして話が進んでいるんだよ。天国の母さんもきっと喜んでくれているだろう。いや、よかった」

ニコニコと上機嫌の父を見て、不安ばかりが大きく膨らんでいく。

いつから彼がこの場所にいるのか知らないけれど、会ったその日に企業買収と結婚などという大それた〝商談〟をまとめてしまうなんて。

「それじゃ、改めて自己紹介を」

そう言うなり彼は立ち上がり、私のほうへ身体を向けた。

「コンラッド開発の社長、朝比奈一成、三十二歳。よろしく」

私が横を向いてまったく返事をしないでいると、慌てたように父が後を続けた。

「汐里、朝比奈くんはね、一年ほど前にお父さまを亡くされて社長職を継いだそうだ」

「ふーん」

「おじいさまが会長をされていて」

「ほー」

「汐里同様にご兄弟はいらっしゃらないらしい」

「へー」

「汐里、ちゃんと聞きなさい！」

適当に受け答えていると、父にたしなめられた。私の返答がなっていないと言いたいのだろう。

「いいんですよ、お父さま。汐里さんに興味をもってもらえるよう、最大限の努力をしていくつもりですから」

朝比奈一成、さっそく〝お父さま〟と呼ぶとは抜かりのない男だ。父はすっかり丸め込まれてしまったようだ。

「どうか娘をよろしくお願いしますよ」

ふたりは勝手に盛り上がり、私ひとりが置いてきぼりだった。

「……ねぇ、私の結婚って決定事項なの？」

ぼそっと尋ねると「汐里は嫌なのかい？」と父と彼、ふたりが揃って身を乗り出して私を見つめる。急に水を打ったように静まり返ってしまった。

「嫌もなにも。私はお父さまを助けたいとは思ってるけど……」

女子校育ちのおかげで、恋愛と呼べることを経験してこなかった私。一度だけ、幼馴染の男の子とちょっとした弾みでキスをしたことはあるけれど、誰かと付き合ったことは一度もない。

これまで何度となく父のセッティングしたお見合いに臨んできたように、その意向に逆らう気持ちはないし、大事に育ててもらった恩義もある。父の会社が助かるのなら、それに越したことはないとも思う。

けれど、だからといってお見合いする間もなく、突然乗り込んできた新参者の朝比奈さんに『はい、どうぞ』と渡されるのはちょっとショックだった。

「汐里、聞いてくれるか」

父は真顔で私に向き直った。

「何度も言うが、人を見る目は私のほうが汐里より養われていると思うんだ」

父は人生の大先輩だし、私より人を見る目があるというのはわかる。私はのんびりとお嬢様をやってさえいればよかったから、人の心の〝裏〟を読む必要に迫られたことはない。

「ここにいる一成くんは夫として経営者として、間違いのない人物だ」

突然ファーストネームに変わってしまった。

でも、父のその自信はいったいどこから？　首を傾げそうになるのを私は必死にこらえた。

再びふたりの視線が私へと注がれる。

「……でも私、朝比奈さんのことをまだよく知らないんですけど」

苦しい空気の中、なんとか不満を伝えた。

「それならこれから知っていけばいいんだよ。他人なんて、最初はみんなそんなものだろう？　汐里が一成くんのことを気に入らないはずはないし、安心してお付き合いなさい。なぁ、一成くん」

父がパッと顔を明るくさせる。

「藤沢社長、それならお任せください。汐里さんのハートをみごと射止めてみせます」

——ハートを射止めるって！

朝比奈さんは自分の胸に手を当て、自信たっぷりに笑った。

「一成くん、どうか娘のことをよろしくお願いします」

父が頭を下げると、朝比奈さんは「こちらこそよろしくお願いします」と立ち上がって頭を下げた。ふたりは笑顔でがっちり手を組む。

……商談成立。どうやら私の結婚は、ほとんど確定してしまったようだ。

「早速ですが、藤沢社長、汐里さんを少しの間お借りしてもよろしいでしょうか？」

朝比奈さんが唐突に言う。私は〝物〟か。

「ええ、もちろんです。どうぞどうぞ」

娘が連れ去られそうになっているというのに、父はやけに嬉しそうだ。ほんの数時間前まで面識のなかった男の人に、娘をあっさり差し出すとは……。

もはやため息しか出ない。

「汐里さん、行こう」

あっさり引き渡されてしまったけれど、私にだって自分の意思というものがある。彼に差し出された手を無視してドアに向かって歩いていこうとすると、後ろから左手を取られた。ハッとして振り返ると、朝比奈さんが口元に笑みを浮かべていた。

必死に手を引き抜こうとするが、笑顔と裏腹に力強く手が握られてしまう。

「行こうか」

軽く言う割に、私を逃がすまいとする手の力は強かった。いつもの調子で叩こうと出したもう一方の手は、彼のもう片方の手で阻まれた。

「それでは、行ってまいります」

にこやかな父に手を振って見送られてしまった。

自宅奥にある地下駐車場までしぶしぶ一緒に行くと、荒業によって彼の車の助手席に乗せられ、シートベルトまで装着される。

彼は、スマートな身のこなしで運転席へと乗り込んだ。

口に出さずに不満を胸いっぱいにため込んでいると、彼は私の顔を覗き込んだ。

「怒ってる？」

当たり前だと、眉間にシワを刻む。

彼を見ずに、ただ前だけを真っすぐ見ていると、不意に彼の手が私の顎に触れた。

反射的に出た私の手はさっき同様に彼に捕獲され、朝比奈さんへと顔を向けられた。

もう一段階深く眉間にシワを寄せ、彼をきつく睨む。

「唐突だったことは謝る。だからこうして、少し話をしたいと思って連れ出したんだ」

「意味がわかりません！　どうして私なんですか」

「あの喫茶店でひと目惚れしたから」

そんなことを言われ慣れていないおかげで、私は不本意にもドキッとしてしまった。それをひた隠し、視線に強さを込める。

「それで私のことを調べたんですか？」

「……まぁ、そういうこと、かな」

一瞬目が泳いだものの、彼はうなずいた。

「とにかく、俺たちはこれから結婚に向かっていくことを念頭に置いてくれ」

彼はそう言うと私から手を離し、車のギアをドライブに入れた。

「ひと目惚れというのはわかりました。でも、それですぐに結婚というのがわかりません」

ひと目惚れから恋人同士になるのならまだしも、結婚といったら人生を左右するものだ。それを即決してしまっていいのか。

「それに、ひと目惚れだとしたら大失敗ですよ」

「大失敗？」

車を走らせた彼は、前を向いたまま尋ねた。

「私、こう見えてかなりのおてんばですから。おしとやかなお嬢様だと思ったら大間違いということです」

「知ってるよ」

朝比奈さんが平然と言って返す。

「え?」

「喫茶店で客とのやり取りを見たしね」

朝比奈さんは思い出したのか、おかしそうにくっくっくと笑った。

「残念ながら、俺は大人しいお嬢様より、はねっかえりのほうに魅力を感じる性質なんでね。手なずけたときの快感といったらない」

「——ちょっと、なんですかそれ!　私はペットじゃありません!」

思わずシートから身を乗り出して彼に抗議をすると、朝比奈さんは「あはは」と声を上げて笑った。

唇を噛み締め、再びシートに身体を預ける。

「他になにか聞きたいことは?」

「……どこへ行くんですか」

「どこにも行かない。そうだな、あえて言うなら、ふたりの溝を埋める愛のドライブ」

「なんですかそれ」

私は「ふん」と鼻先で笑った。

「おっ、初めて笑った」

「今のは、せせら笑ったんです。楽しく笑うのとは違います！」

ツンと窓の外に顔を向けた。

二月に入りずいぶんと日は延びてきたものの、午後五時過ぎのすっかり暮れかかった空は、西にうっすらと残ったオレンジ色を今にも群青色（ぐんじょういろ）で塗り替えてしまいそうだ。

「身長は百八十センチジャスト。体重は六十五キロ。趣味は——」

「唐突になんですか」

勝手に話しだした彼を見ると、大まじめな顔をしてハンドルを握っていた。

「なにも質問してこないから、勝手に答えてる。趣味は身体を動かすこと全般。好きな食べ物はうまいもの。座右の銘は初志貫徹。性格は——」

「強引で豪快」

私が代わりに答える。彼を表す言葉はそれ以外にない。何事も突然すぎるし、一歩引くという謙虚なところがまったくないのだから。

「もう俺のことを理解しているとは驚きだ。俺が見込んだだけのことはある」

否定するわけでもなく、朝比奈さんは〝ピンポーン〟とばかりに人差し指を立てた。

「次は汐里の番だ」

「——し、汐里⁉」

ついさっきまで〝さん〟つけだったくせに、いきなり呼び捨て⁉

私が驚いたように声を上げると、「呼び捨てが気に入らない？」と聞いてきた。

「急すぎます」

「ゆくゆくは夫婦になるんだから、なんの問題もないだろう？」

「まだ決めていません！」

政略結婚に異論はない。物心がついたときから、自分にはそういうレールが敷かれていると理解していたし、他に好きな人がいるわけでもない。

ただ、簡単にこの人の手に落ちたくないのだ。ぐいぐい迫られるものだから、妙に反抗したくなる。

「でも、俺の気持ちは固まってるから、悪いけど汐里と呼ばせてもらうよ。汐里も俺のことは一成と呼んでくれてかまわない」

「呼びません！」

強気で言い放った。

「……で、汐里の自己紹介は？」

諦めてくれたのか彼が話題を変えたけれど、べつに続けたい会話はない。

「したくありません」

シートに身体を沈めてそっぽを向き、拒絶を精一杯見せつける。

「せっかくふたりの距離を縮めようとこうしてドライブしてるんだから。だったら、俺がしようか？　藤沢汐里、二十八歳。身長百六十五センチ、体重五十キロ」

「ちょ、ちょょっと待ってください！」

ドンピシャだ。なんでわかったの？

「合ってる？」

なにも言えずに口をパクパクさせていると、「俺の観察眼もなかなかだ」と彼は親指を立てておどけた。

「趣味はヨガ」

「どうしてそれを⁉」

「さっき藤沢社長から聞いたんだ。『夜は部屋にこもってヨガをやってる』ってね」

父はまた余計なことを！

「好きな映画は、『E・T』。家政婦の多恵さんとしょっちゅう観てるって？　名作らしいけど、ずいぶんと古い映画が好きなんだな」

「……それも父からですか？」

尋ねた私に彼があっさりとうなずく。あまりにもおしゃべりすぎる父に、私は開いた口が塞がらなかった。


それから一時間ほど走った車は、再び私の家の前へと停められた。

「もっと汐里といたかったけれど、これからシンガポールに飛ばないといけない」

エスコートするように私を助手席から降ろした彼が残念そうに告げる。

愛想のいい笑顔を向けた彼から顔を背けると、突然、彼が私の顎を掴んで自分のほうへと顔を向けさせた。

「――な、なんですか」

「おやすみのキス」

言うが早いか彼の唇が迫り、あっという間に私の唇に触れた。ふにゃっという柔らかい感触だった。

驚きに身体が硬直し、頭も働かない。全身の細胞の停止ボタンを押されてしまったようだった。

ものすごく長い時間に感じた。唇が離れ、彼が柔らかな笑みを浮かべる。

「おかしいな」

「……え？」

「汐里の張り手が飛んでくると思って身構えていたんだけど」

そう言われて、細胞がようやく活動を再開する。次の瞬間、「なにするんですか！」と彼の胸をドンと押しやった。

「そう、それそれ」

なぜだか嬉しそうに彼が笑う。

「バカにしないでください！」

両手で拳を作って胸の前で強く振る。そうでもしないと、鬱積（うっせき）したモヤモヤの発散場所がない。

「バカにしてるつもりはないよ。お互いを知るにはスキンシップが一番手っ取り早い。それともキスが足りない？」

再び近づいてきた彼の顔を、今度ばかりは両手で制止した。

「け、結構です！」

「そう？　それは残念。じゃ、次回の楽しみにとっておこう」

とってなに？　次回の楽しみってなに？

ここは早いところ退散するに限る。

頭を下げてエントランスの扉に手をかけると、彼の手が私の右手を引き留めた。朝比奈さんの真顔に、意図せず鼓動がトクンと打つ。

「失礼します」

「俺は本気だ。汐里を絶対に惚れさせる」

決して冗談とは思えない真剣な表情だった。

それが伝わってきて、否応なしに私の心拍が速まる。べつに彼のことが好きになったからというわけじゃない。それもこれも、恋愛経験が乏しいからに他ならない。

こんなことになるのなら、もっときちんと恋愛をしてくるんだった。そう後悔しても今さらどうにもならない。

家の中に入ると、そこには胸の前で手を組み、祈りを捧げるかのように立ち尽くす多恵さんがいた。私を見て、「汐里様！」と腕にすがりつく。

「突然、あの方に連れ去られてしまったものですから、私はもう心配で心配で。旦那様はなんの心配もいらないとおっしゃったのですが、やはりいてもたってもいられなくて」

ずっと玄関でそわそわして待っていたらしい。

「多恵さん、ありがとう」

彼女の手を握った。

「大丈夫でございましたか？」

さっきのキスを思い出して頬が熱をもつ。でも、とてもじゃないけれど多恵さんには言えない。

「……うん」

「そうですか。本当によかったです」

多恵さんが胸を撫で下ろしたところで、父がリビングから顔を出した。

「なんだ、汐里。ずいぶんと早いじゃないか。もっとゆっくり一成くんと話してくればいいものを」

「もう十分です」

「それでどうだった？　立派な男だったろう？」

なにをもって〝立派な男〟というのか、基準となるものさしをもてるほど、異性のことを知らない私にはわからない。

「……すごく強引な人」

彼を表す言葉は、もうそれしか思い浮かばない。

「男はそのくらいじゃなきゃ。ここぞというときに遅れをとりかねないからな」

父はとても嬉しそうだった。

お見合いは失敗続き。二十八歳まで男っ気のない私のことを心配していた父にとって、コンラッドの御曹司にひと目惚れされたことは誇らしいことなのかもしれない。

父にしてみたら、ようやくふさわしい相手と巡り会えたといったところだろう。

そんな親心がわかるだけに、私はそれ以上なにも言えなかった。

# 上辺だけの言葉は信じません

五日後、木陰が繁忙を極めるランチタイムのピークを過ぎた頃だった。

入口の前に、喫茶店には不釣り合いな黒塗りのハイヤーが止まるのが見える。「もしや……」と窓の外を窺っていると、店に入ってきたのはまさしく朝比奈さんだった。

仕立てのいいスリーピースの黒いスーツに薄いピンク色のワイシャツを合わせた着こなしが、なんとも上品に見える。

ゆかりちゃんは「きゃあ」と小さいながらも黄色い声を上げた。

朝比奈さんは「よ！」と右手を軽く上げ、「どこに座ったらいい？」と店内を見渡す。

ボケッと突っ立っている私を追い越し、ゆかりちゃんが「こちらへどうぞ」とカウンターにひとつだけ空いた席へ案内した。そして私に向かって、楽しそうに「汐里さん、注文取ってきてください」なんて言う。

べつに誰が注文を聞いたっていいだろうに……。

見ると、朝比奈さんは優美な笑みを浮かべていた。上げた指先を私に向けて軽く振っている。

そこに突進する勢いで出向き、「ご注文は？」と無愛想に聞いた。

「この前は楽しかったよ」

「ご注文は？」

にこやかに言う朝比奈さんを無視して繰り返すと、はからずも彼の手が伸びてきて私の頬を軽くつねる。

「そんな顔しないで。せっかく顔を見にきたんだからさ」

「………」

無言で彼の手をやんわり外した。ペチッと叩くのをこらえただけでもありがたいと思ってほしい。

「なににいたしましょうか？」

もう一度尋ねると「うーん、じゃあナポリタン」と、笑顔を見せて言う。私は表情を崩さず、「かしこまりました」とその場を離れた。

田辺さんに注文を告げ、ゆかりちゃんの隣に立つ。

「この前は楽しかったって、どういうことですか？」

それ以上大きくできないというほど、彼女が目を見開く。私たちの会話をしっかり聞いていたようだ。

朝比奈さんをチラッと見てみると、真剣な表情でタブレットを触っている。

そこで彼に聞こえないように、「うちの家に来たの」とゆかりちゃんの耳元で言うと、彼女は思いのほか大きな声で「ええ!?」と驚いた。

「ゆかりちゃん、お願い、小さい声にして！」

人差し指を唇に当てて〝しー〟という仕草をすると、彼女はペロッと舌を出した。

朝比奈さんがうちに来たときのことをかいつまんで話すと、ゆかりちゃんが「政略結婚ってことは、汐里さんってお嬢様だったんですか？」とポカンと開いた口に手を当てる。驚くポイントがずれていると思わなくもない。

「でも汐里さん、お嬢様なのにどうしてここでアルバイトなんてしてるんですか？」

「……それが政略結婚の理由」

なぞかけのように答えると、ゆかりちゃんが顔を険しくさせて考え込む。できあがったハンバーグをお客さんへ運んで戻り、ハッとしたように手の平を拳でポンと叩いた。

「汐里さんのお父さまの会社が、経営難……？」

ゆかりちゃんはちょっぴり言いにくそうだった。

「正解。家が傾きかけているときに呑気にお嬢様はしていられないでしょ？」

重くなりかけた空気を払いのけるように明るく返す。すると彼女は「えらいです！」

と私に拍手を送ってよこした。

「普通、お嬢様っていったら、どんなに落ちぶれてもお嬢様ぶるじゃないですか。それなのに、家のことを思って健気に喫茶店でアルバイトなんて……」

驚いたことに、目を潤ませて私の手を取る。

「私、汐里さんのことを尊敬します」

「……そんなに素晴らしいことでもないんだけど」

すると「汐里ちゃんもゆかりちゃんも、口じゃなく手を動かしてね」と、厨房から田辺さんに注意されてしまった。

ゆかりちゃんとふたり、顔を見合わせて肩をすくめる。私はできあがったナポリタンを朝比奈さんの元へと運んだ。

「お待たせいたしました」

「ありがとう。元気にしてた?」

「はい、おかげさまでとても」

五日間、朝比奈さんが影をひそめていたおかげで、という皮肉の意味を込めたのに、彼はそれを額面どおりに受け取り、「それはよかった」と顔をほころばせる。

「海外出張で連絡ができなかったから心配してたんだ」

そういえば、シンガポールへ行くとか言っていたような気がする。

「お忙しいのに、ここにいて平気なんですか?」

べつに来なくてもいいことを暗に伝えたつもりなのに、彼ときたらぜんぜんわかっていないようで、穏やかに微笑みながら私の手を優しく握った。

「気づかってくれてありがとう」

そんなつもりはまったくない。本当におめでたい人だ。

「でも、汐里の顔を見に来るのと忙しいのとはべつの話。仕事をしているキミの姿を見るのは好きだしね」

朝比奈さんが恥ずかしげもなく放った言葉のせいで動揺して、その手を払うときには「やめてください……」とか細い声になってしまった。おかげで奥へ引き上げるときに隣のテーブルにはぶつかるし、握られた感触がいつまでも残る手は熱いし、散々だ。

朝比奈さんがランチを食べ終えたのは、それから少ししてからのことだった。会計を済ませ、「また来るよ」と手を振って店を後にした。

「汐里さん、汐里さん」

朝比奈さんのいた席を片付けていたゆかりちゃんが、私を手招きする。

「忘れていっちゃったみたいなんです」

そう言って彼女が私に見せたのは、分厚い黒革の手帳だった。おそらく、朝比奈さんのものだろう。さっき、タブレットと一緒にこれを広げているのを見た。ものすごく重要なものじゃないだろうか。

「それ、汐里さんが届けてあげてくださいね」

「どうして⁉」

ゆかりちゃんのとんでもない言葉に思わずのけ反る。

「結婚相手じゃないですかー」

「まだ、はっきりと決まったわけじゃないから」

手帳をゆかりちゃんの胸に押しつけると、彼女にそのまま押し戻された。

「でも、あちらは乗り気ですよね」

それは否定できなかった。私そっちのけで、ひとりで盛り上がっていると言ってもいい。

「だから、これは汐里さんが会社まで届けてあげてください」

「え⁉　どうして会社まで⁉」

「落とし主がわかってるんですもん。届けてあげなきゃ不親切です。彼の連絡先とか知らないんですか？　行く前にメッセージしてみたらどうです？」

「それが、まったく……」

　彼が私の家にまでやって来たあの日は、あまりにも目まぐるしい展開でお互いに連絡先を伝えるのをすっかり忘れていたのだ。唯一、彼のメールアドレスが書いてある名刺は自宅に置いてある。

「まぁとにかく、これは汐里さんが届けてくださいね」

　ゆかりちゃんに念を押されてしまった。

「わかった。バイトが終わったら届けてくる……」

　唇が尖ったままなのは許してほしい。

　なんで私がという不満を抱えながらアルバイトを終え、地下鉄に乗り込む。

　それにしても本当に迷惑な人だ。喫茶店に来るのはよしとしても、どうして手帳なんて大事なものを忘れていくのか。豪快で強引、何事も如才（じょさい）なく進めそうだけど、意外とおっちょこちょいなところがあるのかもしれない。

　連絡先でも書いていないものかと、悪いと思いつつペラペラとページをめくってみると、予定がびっしりと書き込まれていた。

　毎日忙しそうだ。藤原ゴルフ倶楽部を傘下に収めるともなれば、その処理でさらに忙しくなるかもしれない。

　地下鉄を下りて歩いているうちに、コンラッドの本社が入居するオフィスビルのエントランスが見えてきた。午後の太陽の光が反射して、五十階建てビルの窓ガラスがキラキラと光って見える。

　オフィスタワーのガラスの回転ドアを抜けると、高級ホテルを思わせる空間が広がっていた。大きな窓からは光が差し込み、吹き抜けのせいか開放感が抜群だ。案内板を見ると日本を代表するような名だたる企業が名前を連ねていた。

　総合受付のある広いラウンジに掲げられた大画面のモニターでは、ちょうどコンラッドのCMが流れていて、そこには朝比奈一成が映し出されていた。ちょっとカッコイイかも……と思った自分を慌てて否定する。

　黒のパンツに細身のピーコートという普段着の私は、スーツ姿の人が行き交うオフィスビルの中で完全に浮いていた。とりあえずぐるぐるに巻いたストールを外し、受付の女性に「こんにちは」と挨拶をする。

「コンラッド開発の朝比奈社長にお会いしたいのですが」

　私がそう言うと、受付の女性は激しくまばたきを繰り返した。私のような女が、社長にいったいなんの用事なのかということだろう。いわゆる不審者だ。

「あの、失礼ですが、どちらさまでいらっしゃいますか？　お約束はされていますでしょうか？」

「あ、すみません。藤沢汐里と申します。約束はいただいていないのですが……」

「どういったご用件でございますか？」

言葉の端々から私を排除したい気持ちを感じる。警備員を呼ばれたらどうしよう……。どことなく威圧感を覚えて、タジタジになった。

「あの今日、社長が私の店にランチにいらっしゃって、手帳をお忘れになったんです。それを届けに参りました」

バッグから取り出した手帳を見せる。

受付の女性は少しためらったのち、「お待ちくださいませ」と目の前にある電話の受話器を持ち上げた。私にも聞こえるか聞こえないかの声で、電話の相手と話しだす。

しばらくすると、彼女は受話器を戻した。

「こちらで少々お待ちくださいませ。ただいま担当者が参ります」

「ありがとうございます」

彼女にお礼を言い、エントランスのソファに腰を下ろす。

なんとなく緊張していたせいか、今になってどっと汗が噴き出した。思わずコートのボタンを外し、手帳でぱたぱたと顔をあおぐ。

「お待たせいたしました」

掛けられた声に顔を上げると、そこに立っていたのは、朝比奈さんではないべつの男性だった。

「朝比奈の秘書をしております、日下部と申します」

黒いスーツに身を包み、朝比奈さんよりは細身に見える彼もまた、百八十センチはありそうだ。黒い短髪を整髪料できっちりとまとめ、色白で一重の目は鋭い。なんだか神経質そうにも見える。

急いで立ち上がり、「藤沢汐里と申します」と私も返した。

私を上から下までざっと眺めて、日下部さんが「あなたが……」と小さい声で呟く。

おそらく、父の会社のことや私との結婚話を聞いているのだろう。その目にどこか冷ややかなものを感じるのは気のせいか。

「さきほど、朝比奈さんがこちらをお忘れに……」

手帳を差し出すと、日下部さんは訝しげに受け取って中身を確認し、「確かに朝比奈のものですね」とうなずいた。

「わざわざお届けくださいまして、ありがとうございました」

口は笑っているのに、目は笑っていない。直感でこの人が苦手だと思ってしまった。役目は果たしたし、さっさと退散しよう。長居する場所ではない。

「では、失礼します」

頭を下げつつ彼の前から立ち去ろうとしたときだった。

「汐里！」

呼ばれた名前に振り返ると、朝比奈さんがオフィスゲートを抜けてこちらに向かってくるところだった。どういうわけか、彼に光が差したように見えた。そこを出入りする他の人たちと明らかに違うオーラをまとっているものだから、思わず目を奪われる。颯爽（さっそう）とした姿は少なからず私の心を乱すが、それを軽い深呼吸でやり過ごした。

「社長、どうしてここに」

日下部さんがすかさず尋ねる。

「どうしてって、わざわざ汐里が来てるってのに、俺が来ないわけにはいかないだろ」

いやいや、大丈夫ですけどね。私としては、とりあえず手帳を届けるという使命をまっとうできたわけだし。

「いったいどうしたんだ？」

「お店に手帳を忘れていかれたので」

日下部さんの手に渡った手帳を手で指すと、朝比奈さんは目をぱちくりとさせた後、大きく見張った。

「そうだったのか。ぜんぜん気づかなかったよ。そうか、ありがとう」

「それでは、私は失礼します」

大げさに喜ぶ朝比奈さんに背を向けると、「汐里」と呼び止められた。

「送っていくよ」

「いえ！　大丈夫ですから！」

「社長、それは困ります。これから会長と打ち合わせがありますから」

断る私に言葉を被せるようにして、日下部さんが冷静に引き止める。

「どうせいつもの定例報告だろう。日下部がいれば大丈夫だ。ジャスト一時間で戻ってくる。汐里、行こう」

「社長⁉」

一歩足が出た日下部さんを朝比奈さんが制止する。そして私の肩を優しくトンと叩いた。

「私なら本当に平気ですから！」

「汐里がどうであれ、俺が送りたいんだ」

強い視線で射抜かれて言葉を失った。それとはべつに違う方向からも刺さるような視線を感じてそちらを見ると、その出所は日下部さんだった。どちらの目も、私が物怖じしてしまうほどに強い。

「日下部、すぐに戻るから。それまで頼んだぞ」

そう言いながら朝比奈さんが歩きだしたものだから、ついていかないわけにはいかない。

最後にチラッと見た日下部さんの目は、私が震え上がるほどに冷たいものだった。

彼の後を追い、オフィスゲートへと向かう。本当だったら入館証がなければ入れないのだろうが、朝比奈さんはそこにいた警備員に「彼女も通ります」と断り、私を先に通した。

駐車場があるという地下四階まで役員専用のエレベーターで下りると、そこには高級車がずらりと並ぶ驚きの光景が広がっていた。眩(まばゆ)いばかりの輝きで、どの車も圧倒的な存在感を放っている。

左手に折れ、一番奥に停められた車の前で朝比奈さんが立ち止まる。この前、私が〝連れ去られた〟車だ。

朝比奈さんは助手席のドアを開けてくれた。

「本当に良かったんですか？」

私のほうが心配になる。

「今日の会議はそんなに重要なものじゃないんだ。無駄な会議を減らせるように動いているから、むしろ良い示しになるかもしれない」

リーダーシップを見せつけられ、意図せず鼓動が揺れる。

ついさっきオフィスビルで私の元に駆け寄ってきた姿といい、仕事に対する考え方といい、なんだか今日はやけに朝比奈さんがカッコ良く見えてしまう。

「……でも、私が日下部さんに恨まれるじゃないですか」

「俺に愛されれば、それで十分だろ」

「な、なんですかそれ」

よくそんな恥ずかしいセリフをサラッと言えるものだ。きっと、今までいろんな女性に言ってきたからこそ、すんなりと出てくるのだろう。

本心かどうかわからないとはいえ、顔が熱くなる。

「なにって、そのまんまの意味だけど」

「心がないですよ、心が。口先だけの言葉で私をからかうのはやめてください」

「からかっているつもりはないぞ」

朝比奈さんの横顔に笑みがにじむ。

だいたい、知り合ってすぐに〝愛してる〟なんて、どう考えたっておかしい。心がこもっていないと私が感じるのも無理はないじゃないか。そうだとわかっていて、ドキドキした自分にも腹が立つ。

「今日は本当にありがとうな」

今度は朝比奈さんから感謝の言葉を思いがけなくかけられた。力が入っていた私の眉間がフッと緩む。

「失くしたら困るところだった」

「……いえ、私のほうこそ、お忙しいのに送っていただいてありがとうございます」

「店では慌ただしかったから、思いがけず汐里との時間がもてて嬉しいよ」

この人ときたら、どうしてそんなにスラスラと甘いセリフが出てくるのか。実感が込められていないように感じるからか、軽口に聞こえる。

それなのに、言われ慣れていない私の頬が赤くなるから悔しい。

「どうして膨れっ面？」

赤信号で車が停まると、朝比奈さんが私の頬にそっと触れた。

「……もともとこういう顔なんです」

その手をやんわりとどける。

「送るだけじゃ足りないってことか」

「――ち、ち、違います！」

否定したそばから隙を突いて唇が軽く触れ合う。

「――っ！」

ドキンと高鳴った胸に驚いている私を見ながら、朝比奈さんはクスッと笑った。

私の家に到着すると、車の気配を察知したらしい多恵さんが、玄関から飛び出してきた。

「汐里様！　どうしたのかと心配しておりました」

バイト先からの帰りが遅かったせいだろう。多恵さんは、安心したように顔をほころばせた。

「朝比奈様とご一緒だったんですね」

「多恵さん、ご心配をおかけしたようで申し訳ありません」

朝比奈さんがすかさず謝る。

「いえ！　私のご心配はどうかなさらないでください」

「汐里さんの顔が見たくて木陰に行ったんですが、手帳を忘れてしまって、汐里さんが会社まで届けてくれたんです」

「まぁ……、そうだったんですね」

多恵さんは口元に手を当てた。

朝比奈さんは多恵さんに向かって頭を下げると、「それじゃ、汐里さん、また」と私に軽く手を振って運転席に乗り込む。

走りだした車を見送っていると、多恵さんはクルッと私の方を向いて言った。

「汐里様、朝比奈様って素敵なお方でございますね」

「……え?」

「とても誠実なお方とお見受けいたしました。この前は突然、汐里様をお連れになってしまうから、どんな野獣なのかと思っておりましたが」

野獣って……。まぁ確かに、多恵さんならそう思っても仕方のない行動だったかもしれない。それが、二回目で簡単に覆ってしまった。

朝比奈一成、父に引き続き、多恵さんまで飼い慣らしてしまうとは。ただ者じゃないみたいだ。

でも、私は簡単になびかない。上辺だけの言葉を操る彼をとことん見極めてやるのだ。この結婚が本当に正しいことなのかを——。

## 白馬に乗った王子様？

「……おり様……汐里様、起きてくださいませ」

身体を揺さぶられる感覚に目を開けると、そこには多恵さんの姿があった。

「……もうちょっと寝かせて。今日はアルバイト休みだし……」

「そうはいかないのでございます。朝比奈様がお見えで」

「……え？」

閉じた瞼(まぶた)を片方ずつ開ける。ベッドサイドにあった時計を見てみれば、時刻はまだ朝の八時。こんな時間から、いったいなんの用事で。

昨夜はヨガの後、多恵さんと遅くまで『E・T』を観ていたからもっと眠っていたいのに。

「どうやら旦那様が、朝比奈様と汐里様のデートのお約束をなさったようです」

「えー!?」

なんでそんな勝手なことを！

ベッドから飛び起きた。

「早くお着替えを済ませたほうがよろしいかと思います。パンツルックでお越しくださいとのことでございました」

どうしてそんな指示までされなきゃならないのかと憤慨したものの、しぶしぶ起き上がった。

あの人は、どうしてこうも突然なことばかりなのか。どの行動をとってみても、〝急〟でしかない。それに振り回されるのは、毎度私だ。

そんなフラストレーションを抱えながら身支度を整え、リビングへ向かう。

パンツルックという指定の装いを一応守って、パールとビーズをあしらったグレーのセーターにオフホワイトのジーパンを合わせ、黒いチェスターコートを羽織った。

「汐里さん、おはよう」

朝比奈さんが爽やかな笑顔で手を上げる。

今日の彼は、ワイン色のニットソーとカーキのカーゴパンツに、ライトグレーのジャケットを羽織るというカジュアルなスタイルだった。

「おはようございます」

彼の笑顔に対抗するように、私は真顔で頭を軽く下げる。朝早くに起こされた不満をぶつけたかった。

そんな私を気にするわけでもなく、朝比奈さんは「さっそく出かけよう」と軽い身のこなしで立ち上がり、私の隣に並んだ。

エスコートされるように車の助手席に乗せられると、エンジンがかかる。

「汐里、いい匂いがする」

朝比奈さんが急に鼻を私に近づけたものだから、つい身体を窓のほうへと寄せる。

「――バスオイルです」

「バスオイル？」

「さっきお風呂に入ったので」

多恵さんが入れたローズのバスオイルの香りだろう。

「俺に会うために綺麗にしてくれたってわけか」

朝比奈さんがニンマリと笑う。

「ち、違います！　ただ単に目を覚ますためですから」

「甘い香りで気を引くなんてかわいいな、汐里は」

言い返そうとした矢先、不意に唇に朝比奈さんの人差し指が当てられ、〝黙って〟とばかりに口を止められた。

「意地っ張りなところも、俺好みだ」

チュッと音を立てて、朝比奈さんの唇が頬に触れた。

「ひゃっ……」

頬を押さえながら彼を見ると、続けざまに額にキスをされ、驚いているうちにさらに唇同士が重なった。

三段階の攻撃に目が点になる。

「おはようのキス」

呆気にとられて硬直する私。きっと今の私の顔は、かなりまぬけだ。

そんな私にかまうことなく、朝比奈さんは「さ、出発しよう」とシフトレバーをドライブへ入れた。

「朝比奈さんは、いつもいつも突然ですね」

なんとか正気を取り戻し、口を開いて〝いつも〟を強調した。

「思い立ったが吉日って言うだろう？　迷っているのはもったいない」

「仕事は大丈夫なんですか？」

そう聞いた私に、朝比奈さんは不思議そうに目線を送ってよこした。

「今日は土曜日。世間一般的に休みだ。まぁ、とはいえ、土曜日に休むのは久しぶりだけどね」

そうか、今日は土曜日だ。喫茶店でアルバイトをしていると、どうも曜日の感覚がずれてしまう。

「そんなに嫌そうな顔されると、俄然やる気が湧いてくる」

「……なんですかそれ」

そんな態度を人から取られたら、一歩引いてしまうのが普通だろうに。朝比奈さんはある意味、性格がねじ曲がっている。

彼はニッと笑った。

「それで、いったいどこへ行くんですか？」

こんな朝早くに出かけるのなんて、いつぶりだろう。

「コンラッド開発を知ってもらおうと思ってね」

「朝比奈さんの会社を？」

「俺の妻になるんだ。会社のことをまったく知らないわけにはいかないだろう？」

「つ、つ、つ、妻!?」

思わず声が大きくなると、朝比奈さんは私のことを横目でチラッと見てクスッと笑った。

「うちは主にリゾートを開発している会社で、日本全国に施設が点在しているんだ」

「同じお店のゆかりちゃんからチラッと聞きました」

聞いたことのある有名なホテルもコンラッド系列だと。

「あぁ、あの小柄の？」

「はい。彼女、今大学四年生なんですが、コンラッド開発の採用試験に落ちたそうで」

「それは悪いことをしたね。昨年だったら、ちょうど父の死でバタバタしていた頃だろうな」

そういえば、朝比奈さんはまだ後を継いだばかりだと父が言っていたっけ。

「ご病気だったんですか？」

「いや、交通事故で」

「そんな……」

それじゃ、本当に突然だ。心の準備もできていないところに、社長への就任という大役まで担ったのでは大変だったろう。つい同情的な気分になる。

「お母様は？」

「小学二年生のときに病気で亡くなった」

「……ごめんなさい。詮索しすぎました」

座ったまま首をすくめる。

母を亡くした私には父がいるけれど、朝比奈さんにはどちらもいないのだ。自分に置き換えて考えると胸が痛くなる。それなのに、暗い顔を見せずに笑顔を向けてくれる朝比奈さんはなんて強い人なんだろう。

ふと気づくと、車はハザードランプを点けて路肩に停車していた。

「いや、やっと俺に興味を持ってくれたみたいだね」

「——ち、違います！　そういうわけじゃありませんから！」

思いきり否定するのに、彼ときたらいたずらに笑うばかり。私の言葉を信用していないように見える。

朝比奈さんは助手席のシートに手をかけ、私の顔を覗き込むようにした。

「聞きたいことがあったら、じゃんじゃん聞いてくれてかまわないよ。結婚するんだから、疑問は残したくない」

顔を上げると、彼の優しい眼差しとぶつかる。どういうわけかホッとしてしまうような表情だった。

それとは裏腹に鼓動が速まるのを感じる。それは単に、男性とふたりきりで車に乗っているせいだろう。べつに、彼に好意をもっているからじゃない。

そんな彼の顔を見つめていると、出し抜けに彼がニヤッと笑う。

「汐里は木から落ちて、腕を骨折したことがあるんだって？」

「え⁉　そんな話をどこでって……父からですか？」

急な話題転換だったものだから、頭の中が軽く混乱する。

「子供の頃からおてんばだったんだな」

「……あれは仕方なかったんです」

唇を突き出すようにして強く言う。

「男の子たちに『登れるものなら登ってみろ』って挑発されて――」

そんなことを言われたら、登る以外に道はない。ところが男の子たちよりも高い位置に立った瞬間、なんと枝が折れたのだ。私はそのまま地面へ落下し、左腕を骨折してしまった。

「その挑発に乗るところが汐里らしい」

朝比奈さんの中で、私はかなりのじゃじゃ馬みたいだ。まぁ、それも事実だから反論の余地はない。

「そういう負けん気の強いところ、俺は好きだな」

「なっ……」

そういうことを突然口にするのはやめてほしい。身構えていなかったから、こっちはドックンなんて心臓が変な動きをしてしまった。

動揺しているのを知られたくなくて顔を窓の外へ向ける。それこそ挙動不審で、私の心の内は絶対にばれている。

そんな私の頭を朝比奈さんがポンポンと撫でた。

「さて、行くとするか」

ハザードランプを消し、再び車は走りだした。


それから一時間ほどして私たちはある場所へと着いた。街から遠ざかった自然の豊かな郊外だ。

朝比奈さんがドアを開けてくれて助手席から降りると、緑の匂いが鼻をかすめる。

看板には『朝比奈乗馬クラブ』とあった。

ヨーロッパの邸宅を彷彿させるレンガ造りのクラブハウスが、高級感を醸し出している。低い建物は厩舎かもしれない。周囲はなだらかな馬場が広がり、その近くには放牧されている馬が数頭見えた。

「乗馬クラブもリゾート開発の一環なんですか」

「大義で捉えればね。ここ以外に、関東に五ヶ所あるんだ。その中でも、ここは一番の広さを誇っていて敷地面積はだいたい一万ヘクタールくらいかな」

 他の施設が見えないことを考えると、目に入るところはすべて乗馬クラブの敷地なのだろう。

「ここ……、朝比奈さんのお気に入りの場所なんですか？」

「どうして？」

「なんとなくですけど、朝比奈さんは好きなものは一番先に食べるタイプじゃないかと思って」

朝比奈さんが目を丸くする。

「さすが汐里だな。俺のことをそこまで理解しているとは。ここから少し行った場所に別荘があって、まだ俺が小さいときに両親とよく三人で訪れていた場所なんだ。その頃から、一番好きな動物は馬だ」

家族の思い出の場所というわけか。

「じゃあ、行こう」

朝比奈さんは私の手を取った。

瞬時に引っ込めようとしたものの、当然ながら引き抜けるはずもない。ギュッと強く握られて、大人しくするしかなかった。

クラブハウスのドアを開けると、スタッフが社長である朝比奈さんに気づいて、急いで駆け寄ってくる。

「社長、お待ちしておりました」

「突然なのに、準備ありがとう。こちらは婚約者の藤沢汐里さんだ」

朝比奈さんはあっけらかんと私を紹介してしまった。

その言葉で一斉に私を見たスタッフたちの目は、どれも好奇に満ちている。それが、〝あれで社長の婚約者?〟という訝しげなものなのか、好意的なものなのかは私にはわからない。

「ちょっと待ってよ!」と心の中で叫ぶものの、従業員の前で彼に恥をかかせるのもどうかと思われて、ひとまず軽く頭を下げた。私の目が泳いだことには、たぶん気づかれていないだろう。

朝比奈さんは小さい声で「行くよ」と私に声をかけ、外へ出た。

厩舎には数十頭の馬がいる。

彼についていくと、白と黒の二頭が急に鼻を鳴らし始めた。どうやら朝比奈さんを見て喜んでいるようだ。

「チャーリー! リンダ!」

私の手を離した彼が駆け寄ると、馬たちが鼻先を彼へ突き出す。よっぽど好かれているらしい。

朝比奈さんの横顔も嬉しそう。普段とは違う笑顔を見て、私までつられて頬が緩む。

しばらく二頭との再会を喜ぶと、朝比奈さんが私へ振り返った。

「馬に乗ったことは？」

「一応あります」

私の答えに彼の顔がパッと華やぐ。

スタッフに「チャーリーとリンダを借りるよ」と言うと、すぐに装具の準備をし始めた。

そうか、パンツルックで来いと指示をしたのはこのためか。

外に連れ出された二頭の頬をそっと撫でると、ブルルンと鼻を鳴らした。

かわいいな。つぶらな優しい瞳を見ていると、なんだか癒される。手入れが行き届いていて、手に吸いつくような毛並はツヤツヤだ。

準備が整うと、朝比奈さんは私が馬に乗るのを手伝ってくれた。

馬と触れ合うのは何年ぶりだろう。背中に乗ると、視界がぐんと高くなり爽快だ。

私は黒馬のチャーリーで、朝比奈さんは白馬のリンダ。私が腹を蹴ると、チャーリーがゆっくりと歩きだす。

「コース内じゃなくていいんですか?」

私たちが馬に乗っているのは、柵に囲まれたコースの外だった。内側ではクラブの生徒なのか、数名がレッスンを受けている。

「平気平気」

どうやら、いつも自由に歩き回るスタイルらしく、スタッフもとくにとがめる様子はなかった。

左手にコースを見つつ朝比奈さんの後を追ってゆっくり歩いていくと、次第に視界が開ける。牧草地らしい。冬場だから青々とはしていないが、広大な景色を前にしてテンションが上がり、清々しい気分だ。

馬が徐々にスピードを上げていく。本当に気持ちがいい。

軽い駆け足で朝比奈さんとリンダを追いかけていると、少しずつペースダウンしていき、おもむろに止まった彼が振り返る。

「汐里をここへ連れてきて正解だな。そんなに笑ってる顔、初めて見たよ」

「……え?」

朝比奈さんは眩しそうに笑いながらスマホを取り出して、急に私を撮り始めた。

「や、やめてください」

片手を大きく振ってから、恥ずかしさに手で顔を隠す。

「俺よりもチャーリーのほうが汐里を笑わせられるなんて、なんかすごく癪だ」

朝比奈さんが笑顔から不機嫌そうな顔に変わる。

「おい、チャーリー」

彼が呼ぶと、チャーリーは耳をピンと立てた。

「もうちょっと俺を立ててくれよ」

馬に言ってどうする！　思わず私が噴き出すと、チャーリーは耳を前後にヒラヒラとさせた。

「汐里、今のは笑う場面じゃないぞー。俺は本気だ」

彼が親指を立てて自分の胸を差す。

「はいはい」

私が適当に受け流すと、朝比奈さんはなぜかちょっと嬉しそうに笑った。

「よし、リンダ、行くぞ！」

ポーンと腹を蹴りリンダが駆けだしたので、私もチャーリーとその後を追った。

それにしても本当に広いところだ。これだけ馬で走ってきても、まだ乗馬クラブの敷地内らしい。

手綱を引いて止まり、朝比奈さんが振り返る。

「ここ、気に入った？」

「はい、朝比奈さんの気持ちがわかります」

空気の澄み具合も都会とはまったく違う。なによりも普段は接することのない馬に乗っている非日常感が、たまらなく心地良い。無理やり連れ出されて嫌な気分だったはずなのに、自然と笑みがこぼれてきた。

「ほんと、いい顔だ」

「やめてくださいよ。そういう朝比奈さんだって、ぜんぜん違います」

普段の彼が生気を失っているわけではないけれど、生き生きとした目には歴然とした差がある。

「そう？　カッコイイ？　惚れ直しちゃう？」

朝比奈さんがおどけて笑う。

「直しません」

笑いながらきっぱり返すと、彼はしゅんと眉尻を下げた。

くるくると表情のよく変わる人だ。見ていて飽きない。

「汐里、ちょっとこっち」

　彼が大きく手招きをする。

　互いに馬で歩み寄ると、朝比奈さんの手が私へ伸びてきた。反射的に身体を硬くしていると、「じっとしてて」と彼が私の頭のてっぺんに軽く触れる。

　なんだろうかと言われるまま動かずにいると、彼は指先で綿毛をつまんでいた。

　手綱を握っていた手や肩から、力が一気に抜ける。

「……たんぽぽ？」

「もう咲いてるんだな」

　まだ二月なのに。朝比奈さんがそっと指先を開くと同時に、綿毛は風に乗って飛んでいった。

「隙あり！」

　前触れもなく唇が触れ合う。馬に乗ったまま、器用にも彼が私にキスをしたのだ。

　まさかの行動に身動きひとつできない。

　数秒後に私から離れた朝比奈さんは、いたずらっこのように笑っていた。

　心音がトクンと弾み、それが不可解な動きだったものだから、いつもの強気な反応ができなかった。

「……汐里？」

朝比奈さんも拍子抜けだったのか、首を傾げて私を見ていた。

「……あ、も、もう！　なんなんですか！」

ようやくそう返し、密かにスピードを上げた心拍数をなんとか鎮静化した。

笑みを浮かべた朝比奈さんの視線が、ふと私から逸れる。

「……現実からの使者だ」

彼の顔が少し曇ったのでなんのことかとその目線の先をたどっていくと、さっきのスタッフが馬に乗ってこちらに近づいてくるところだった。

「社長、日下部さんから事務所に至急のお電話です」

手綱を引いて私たちの前で止まると、彼が朝比奈さんにそう告げる。

朝比奈さんは手で顔をひと撫でして、「見つかったか」と大きく息を吐いた。

携帯やスマホがあるだろうに、どうしてわざわざここまで馬を走らせて伝えにくるんだろう。

私が不思議そうにしていることに気づいたのか、朝比奈さんが「日下部からの着信を無視してた」と笑ってから、「俺が電話に出ないときは、ここだろうと見当をつけてるんだよ、日下部は」とため息まじりに言った。

彼の行動は、すべて日下部さんにはお見通しみたいだ。またもや私と一緒だと彼に知られたら、さらに恨まれてしまいそう……。

「汐里、悪いがここでちょっと待っててくれ。すぐに戻ってくるから」

「え？　あ、はい……」

朝比奈さんは迎えに来たスタッフと一緒に駆けだしてしまった。

さすがに馬だと速い。みるみるうちに姿が小さくなり、牧草地の向こうに見えなくなった。

「チャーリー、ふたりだけになっちゃったね」

首をさすると、チャーリーは耳をピンと立てて辺りを見渡すような仕草をした。しばらくそうしていたが、突然チャーリーが鼻を鳴らして動きだす。

「……チャーリー？　どうしたの？」

なだめるように身体をさすりつつ手綱を強く引く。もしかしたら、大好きな朝比奈さんがいなくなったせいかもしれない。

「チャーリー、すぐに戻ってくるから心配しないで」

必死に言い聞かせるが効果はまったくなく、チャーリーはどんどん興奮していくように見える。

そのときだった。チャーリーが蹴るように前足を高く上げ、二本の後ろ足で立つような体勢をとった。

「キャッ!」

次の瞬間、私はずるずると背中から滑ったかと思うと、その場に振り落とされてしまった。

「……いったーい」

着地したときに右足首をひどく捻ったのか、片足を伸ばした状態で座ったまま動けない。

チャーリーはブルンと鼻をひと鳴らしした後、厩舎の方へ蹄(ひづめ)を蹴って行ってしまった。朝比奈さんのときと同様、たちどころに姿は見えなくなる。

立ち上がってみたものの、ずきずきと痛くて歩けそうにない。すぐにまた腰を下ろし、痛みが引くのを待つことにした。

それから数分が経った頃。

「汐里!」

後方から叫ぶような声が聞こえたかと思ったら、馬の蹄の音とともに朝比奈さんが駆け戻ってきた。

ものすごいスピードの反動か、リンダは止まる寸前にさっきチャーリーがしたように前足を高く上げて宙を掻くようにしてみせた。

朝比奈さんの美しい手綱さばきに、痛みを忘れてついうっとりとする。まさに白馬に乗った王子様だった。

「なにがあったんだ」

颯爽と馬から下り、朝比奈さんが私の元にひざまずく。

「ごめんなさい。チャーリーから落ちちゃって……」

「大丈夫か⁉　どこを打ったんだ」

「足を捻って……」

朝比奈さんが顔をしかめる。

「とりあえず歩けるか？」

足を踏ん張ってみたものの、右足に力を入れると痛みが走るせいで歩けそうにない。首を横に振ると、彼は突然私を抱き上げた。

「——朝比奈さん⁉」

「悪いけど、俺にしっかり掴まって」

馬に乗せられるかと思いきや、朝比奈さんは私をお姫様抱っこしながら歩き始める。

「リンダ、ついておいで！」

そう声を掛けると、リンダは彼の指示に素直に従い歩きだした。

「あの！」

「そんな状態じゃ馬には乗れないだろ。このまま歩いて戻る」

「でも朝比奈さんが大変です」

馬で走ればすぐの距離でも、私を抱き上げたままクラブハウスまで戻るなんて無謀すぎる。

「いいから、俺に手を回して」

真剣な表情を見てしまうと、とても拒否なんてできない。それで彼の負担が少しでも軽減されるならばと、そーっと左腕を回す。すると思いのほか身体が密着するものだから、全身が緊張に包まれた。

「チャーリーが汐里を置いて戻ってきたものだから驚いた」

「朝比奈さんの姿が急に見えなくなって、不安になったみたいで」

「振り落とされたのか」

「私の手綱さばきがいけなかったんだと思います」

上手な人だったらなだめることに成功していただろう。馬は、扱いに慣れていない人を敏感に察知すると聞いたことがある。

「悪かった。ごめん」

「どうして朝比奈さんが謝るんですか」

「汐里をひとりにしたせいだ」

本当に悪いことをしたと思っているみたいだ。痛いのは私なのに、朝比奈さんが顔を歪める。

「責任を取ってください」と冗談めかして言ってしまおうと思ったけれど、朝比奈さんなら「そうかそうか」と結婚の了承と受け取られてしまいそうでやめておいた。

「小さい頃から、こういう怪我はしょっちゅうでしたから」

「木登りで骨折したりね」

やっと笑顔を見せてくれた朝比奈さんにホッとする。

「そうです。だから気にしないでください」

「わかった。ありがとう」

近距離で微笑まれて、気恥ずかしさにうつむく。

そこでふと、自分の心臓が普段と違う動きをしていることに気づいた。たぶんそれは、こんなに密着するのはもちろん、男の人に抱きかかえられるのが初めてだから。

それを改めて思い出したことで、余計に早鐘を打つ。

困ったな、どうしよう。これじゃ、くっついている部分から鼓動が伝わっちゃう。

そう思ったものの、この体勢を変える術は私になかった。

どのくらいの時間をかけて歩いただろう。ようやくクラブハウスに戻った私たちを見てスタッフが何事かと慌てる。

朝比奈さんは私をソファに下ろすと、お腹の底から息を吐き出すようにした。きっと腕はパンパンだろう。

「大丈夫ですか？」

「俺は平気。汐里こそどうだ？」

朝比奈さんが私の前にひざまずき、大切なものを扱うかのように靴を脱がせる。予告なしに素足に触れられてドキドキしてしまった。

ゆっくりと足首を回され、思わず唇を噛み締める。

「痛いか？」

朝比奈さんがあまりにも心配そうな顔をするので、痛みをこらえて「大丈夫です」と答える。

「捻挫(ねんざ)かな」

朝比奈さんはスタッフから手渡された湿布を貼り、包帯を手早く巻いてくれた。その慣れた手つきに感心してしまう。

「これでよし」

再び私を抱き上げようとした朝比奈さんの手を制止した。

「歩けますから」

長いこと私をお姫様抱っこして歩いたのだから、これ以上は力がもたないだろう。ところが私は、そう宣言したことをすぐに後悔することとなった。立ったはいいものの、足を数歩出して動けなくなったのだ。

強気に言い切った手前、なんとか歩こうと思ったけれど痛くてたまらない。

「無理はするな」

結局、再び朝比奈さんに抱き上げられるしかなくて、私はなんとも恥ずかしい体勢で乗馬クラブのみなさんに「お邪魔しました」と挨拶をするはめになったのだった。

肩を揺すられる感覚に瞼を開けると、私の目の前には朝比奈さんの顔のドアップがあった。驚いて身体を引いた拍子に、右足に体重をかけてしまって痛みが走る。

「大丈夫?」

顔をしかめた私に気づいた朝比奈さんが、心配そうに私を見る。

そこで今、自分が朝比奈さんの運転する車に乗っていることを思い出した。

「……すみません、眠ってしまって」

「いや、かわいい寝顔を見られたから」

彼がしれっと言う。

「寝言も」

「――ね、寝言!?」

「〝一成さん、大好き〟って」

私の口真似でもするかのように朝比奈さんが言った。

「うそばっかり！　そんなこと言うわけないじゃないですか！」

「……そこまではっきり否定されると、さすがに傷つくな」

「だって！」

朝比奈さんが変なことを言うからだ。悲しそうな顔をされたって、私は負けないんだ。しかも、わざとらしいし。

「着いたよ」

「え？」

窓の外を見てみると、そこは私の家の駐車場だった。

乗馬クラブを出た私たちは途中のドライブスルーでファストフードを買い込み、それを昼食とした。私がまともに歩けないためだ。

お腹が満たされると生理現象に従い、今度は睡魔が襲ってくる。寝不足ということもあって、一度閉じた瞼は今の今まで開かなかった。

「ちょっと待ってて」

朝比奈さんはスマートに助手席へと回り、再び私を抱っこした。

こんな格好を見たら、きっと多恵さんは腰を抜かすだろう。もしかしたら泡を吹いてしまうかも……。

インターフォンを押すと、ほどなくして多恵さんが応答した。

「朝比奈です」

インターフォン越しに彼女の戸惑いが伝わってくる。すぐに玄関のドアが開けられ、私たちを見た多恵さんが放心状態になる。手をパーにして口に当てたまま、その場で凍りついたかのように固まってしまった。

「あ、あ、あの……これはいったい……」

多恵さんはようやく動きだしたものの、口ごもっているし、目も白黒させている。

「多恵さん、失礼して上がらせていただきます」

朝比奈さんが靴を脱ぐと、多恵さんがすかさずそれを揃え、私たちの後からスリッパをパタパタと響かせてついてくる。

朝比奈さんはリビングまで私を運び、ソファの上に優しく置いてくれた。

「多恵さん、申し訳ありません！」

朝比奈さんが頭を深く下げる。

多恵さんはなにがなんだかわからない様子でオロオロとしていた。

「いったいどうされたんですか？」

「実は汐里さんに怪我をさせてしまいました」

「朝比奈さんがさせたわけじゃないから！　私が自分でやったことなの！」

大きな声で慌てて否定する。朝比奈さんに非はない。

「ぜんぜんたいしたことないの。馬から落ちて、ちょっと足を捻っただけ」

「落馬でございますか？　大丈夫でございますか？」

多恵さんが心配そうに私の元に駆け寄る。

「うん。平気」

まだ痛いけれど、捻挫くらいなんてことはない。

「それより朝比奈さんのほうが大変だったの。私のことを抱き上げて長い距離を歩かせちゃったから」

「俺は平気だって言っただろう?」

「でも――」

「それ以上は言いっこなしだ」

朝比奈さんが人差し指を立てて左右に揺らす。真摯な瞳に見つめられ、胸の深いところで動悸を感じさせられた。

「……わかりました。それじゃ朝比奈さんも気にしないでくださいね?」

そこでようやく朝比奈さんに笑顔が戻る。

「あの、藤沢社長は……?」

「専務の孝志様のところにいってらっしゃいます」

顔ぶれに父がいないことに気づいた朝比奈さんが尋ねると、多恵さんは穏やかに答えた。

「……専務とおっしゃいますと、社長の弟さんの……」

藤沢ゴルフ倶楽部を傘下に入れるということで、朝比奈さんもうちの内情には多少なりとも詳しくなっているみたいだ。

実は、父の社長という肩書きは〝飾り〟の意味合いがとても強い。実権を握っているのは父の実弟であり、専務でもある孝志おじさまだ。

孝志おじさま曰く『兄さんはのんびりしたところがあるから経営には向かない』のだそうだ。

確かに孝志おじさまは頭が切れるし、野心にも溢れている。

子供の頃に宿題をみてくれたのは、父よりも孝志おじさまだった。理路整然とした説明がわかりやすく、子供心に〝おじさまは頭のいい人〟と思ったものだ。

おじさまに将来なにになりたいかを聞かれて、『お嫁さん』と答えた幼い私は、『もっと貪欲になれ』と言われたこともある。

でも、こんな時間におじさまと会うなんて、なにかあったのかな。

そういえば休日だというのに、日下部さんから朝比奈さんに連絡があったのはなんだったのだろう。

「日下部さんの用事は急ぎじゃなかったんですか?」

スマホが通じないからといって、わざわざ出先にまで連絡を寄こしたのだ。なにか急用だったんじゃないか。

「いや、月曜日でも十分間に合うことだったから。あいつはせっかちなんだ」

たった一度しか会ったことはないけれど、なんとなくわかる気がする。几帳面で段取りも良さそうな印象だ。

「私と一緒にいたことは日下部さんにも話したんですか？」

「そりゃあもちろん。邪魔するなとね」

どうしてそんなことを……。これでまた、日下部さんに恨まれてしまう。

朝比奈さんはあっけらかんと言ったのだった。

# キスの先にあるもの

翌日の日曜日。

ひと晩経ち足の具合はだいぶ良い。少し痛みは残るものの、普通に歩くぶんには問題がなさそうだった。

これなら予定どおりにアルバイトもできそう。怪我に強い自分を褒めてあげたい。

着替えを済ませたタイミングで、部屋のドアをノックする音が聞こえた。

「汐里様、失礼いたします」

多恵さんが小さな包みと花束を抱えて入ってきた。

「それ、どうしたの？」

「たった今、朝比奈様がお見えになりまして」

「え!?　朝比奈さんが!?」

昨日、帰り際に『なにかあったときに連絡がほしい』と朝比奈さんに言われてSNSのアカウントを交換したけれど、そこにメッセージが入った形跡はない。

「それで朝比奈さんは？」

「この後予定があるとのことで、すぐにお帰りになりました」

そう言いながら、多恵さんが抱えていた包みと花束を私に手渡す。甘い香りが鼻をかすめた。

「……これは？」

「朝比奈様から汐里様へお渡しするようにとのことでございました」

もしかして、お見舞いのつもりとか？　この包みはなんだろう。

ソファに座り、包みを開いていく。

――え⁉　『E・T』のブルーレイ⁉

中から出てきたのは、私が多恵さんと繰り返し観ているあの映画だった。実は一昨日の夜、突然調子が悪くなり、買い直そうかと思っていたところだ。

そんな話は彼にしていないのに……？

「私が朝比奈様に話してしまいました」

私が不思議そうにしていることに気づいた多恵さんが白状する。

「多恵さんが？」

「昨日、汐里様がお支度をされている間に、世間話の延長で……。申し訳ありません。余計なことを……」

多恵さんが肩をすくめる。

「あ、ううん。大丈夫」

彼からの突然のプレゼントを前にして、言葉が出てこなかった。彼は誰もが喜ぶようなブランド品などではなく、私が本当に欲しいものを贈ってくれたのだ。

「朝比奈様は、本当に誠実で素敵な方でございますね」

多恵さんはしみじみと言った。

その言葉に理由もなく脈が乱れる。ここ何日かの彼の行動を思い返して、胸の奥が波立ち、落ち着かなくなった。

「汐里様？　どうかなさいましたか？」

急に呼びかけられてドキリとしたけれど、「ううん、なんにも」と慌てて手を振り誤魔化す。

「お花、花瓶に挿して参りましょうか」

私の脇に置いていた花束を受け取ろうと、多恵さんが両手を広げる。

「自分でやってくる。花瓶、どこだっけ？」

「では、お持ちしますので少々お待ちくださいませ」

どこか嬉しそうに言い置き、多恵さんは部屋を出ていった。

その日のアルバイトは、多少の痛みはあったもののなんとかこなすことができた。ゆかりちゃんは『動きが変ですよ』なんて私のことをからかいながらも、力仕事を代わりにやったりして、かなり助けてくれた。

食事をとった後、自室のソファに座り、握り締めたスマホをじっと見つめる。新しく登録したばかりの連絡先を開き、通話をタップしようと指を近づけては引っ込めることを繰り返していた。

ディスプレイには〝朝比奈一成〟の文字が並ぶ。

今日のプレゼントのお礼を口で直接伝えようと思うのに、なぜか緊張して最後の一歩が踏み出せない。触れるまで数ミリのところで指がプルプル震えた。

そのとき私の手のひらで着信音が鳴り響いたものだから、「わぁ！」と叫んで思わずスマホをソファに落としてしまった。急いで拾って見てみると、それは朝比奈さんからの電話だった。

なぜか脈拍が一度大きく弾む。応答をタップし、耳にそっと押し当てた。

「……もしもし」

《なんだその元気のなさそうな声は。汐里、まだ痛むのか？》

元気がないわけじゃない。タイミングよくかかってきた電話に驚いたのと、もうひとつは朝比奈さんの名前を見て妙な動きをした私の心臓のせいだ。

初めて聞いた電話越しの彼の声が、やけに甘い。そんな声をしていたんだと改めて知って心が騒いだ。

「だ、大丈夫です。私も今、電話しようと思っていたんです」

《おっと。以心伝心ってやつ？》

電話の向こうで朝比奈さんがおどける。

茶化して返す余裕が今の私にはなくて、「ありがとうございました」となんの脈絡もなく言った。

「お花も……ブルーレイも」

《気に入ってくれたならなによりだ。今度一緒に観よう。実は俺、『E・T』を観たことがないんだ》

「え⁉ あの名作を⁉」

信じられないような朝比奈さんのひと言に、大きな声を出してしまった。

あの映画を観たことのない人がいるなんて。

《そうは言うが、俺たちが生まれる前のものだぞ？ 観ているほうが希少だろ》

「名作に年月は関係ありません！」

むしろ、何十年も経ったからこその良さが出てくるというものだ。
ついムキになって反論すると、電話越しにくくくと朝比奈さんが笑う。
《まぁまぁ、落ち着け。だから、その名作を一緒に観ようって言ってるんだ。そうだな、今度の週末、俺の部屋で観よう。よし決まりだ》
「ちょっと待ってください！　私の都合は聞かないんですか？」
勝手に決めるなんて、あまりにも横暴だ。
《なにか予定が入ってる？》
「……いえ、そういうわけじゃ」
そう聞かれると困る。なんせ、私の予定といったら日中のアルバイト以外にないときているのだから。
《それなら決まりだ。仕事が終わったら迎えに行く。汐里はとにかくそれまでに怪我を治しておくこと》
「ですから、もう大丈夫なんです。今日だってアルバイトに行ってきましたから」
《――――は⁉》
甘い声がワントーン上がる。
「ちゃんと働けるまでに回復しています」

《なんで休まなかったんだ。昨日の今日じゃないか》

強い口調で叱責されてしまった。

《無理すると、後で痛い目に遭うんだぞ》

「無理してません。それに私が突然休めば、ゆかりちゃんや他の人たちに迷惑がかかっちゃいますから」

木影のような喫茶店で人を急に手配することは、なかなか難しい。そうなると、スタッフがひとり少ないまま店を回さなきゃならなくなる。

《汐里は、どうして喫茶店で働くことに？　なに不自由なく暮らしてきただろう？》

朝比奈さんが唐突に聞く。

やっぱり喫茶店でアルバイトしているお嬢様は珍しいのかな。……自分でお嬢様と言うのも厚かましいけれど。

「ここ数年は、父の会社の業績が悪化していましたし、少しでも父の力になれればと思って。あの喫茶店は、働くところを探していたときにたまたま通りがかったんです。一度も社会に出たことのない私を快く雇ってくれたお店には、迷惑をかけたくないんです」

電話の向こうが急に静かになってしまった。

「……朝比奈さん？」

切れちゃったのかな。

そう思い耳からスマホを離して画面を見たけれど、通話はつながっているようだ。

「朝比奈さーん」

遠くにいる人を呼ぶように声を大きくすると、《あぁ、悪い》と彼が謝る。

今、私が言ったことは聞いていなかったのかも。

《汐里、今から行く》

「はい⁉」

仰天して声が裏返ってしまった。

《それじゃ、三十分後に》

「えっ、朝比奈さ――」

……切れてしまった。

しばらく放心状態でいた私は、急いで立ち上がった。もう眠るつもりでパジャマ姿だし、すっぴんだ。さすがにこのまま会うわけにはいかない。

クローゼットを開いてハンガーに掛かった洋服を取り出し、鏡の前で当ててみる。

これは気張りすぎだし、こっちはラフすぎる。ああでもないこうでもないと、気づけば洋服選びに夢中になっている自分がいた。

……私、どうしちゃったんだろう。

ふと我に返る。なんで、必死になって自分をかわいく見せようとしているんだろう。

鏡に映った自分を見て、なんとも不思議な気分になった。

——時間がない！

時計を見てみれば、支度を開始してから二十分が経過している。

結局、白のニットワンピースを着て、簡単にメイクも済ませたところで部屋にノックの音が響く。彼が来たようだ。

「汐里様、朝比奈様がお見えなのですが……」

そう言いながらドアを開けた多恵さんが、パジャマから着替えた私を見て目を丸くする。

「……お会いになるお約束をされていたのですか？」

「約束というか、えーと……」

なんと言ったらいいのかわからなくて、モゴモゴと口ごもる。

多恵さんは不思議そうに首を傾げた。

「では、リビングでお待ちになっていらっしゃいますのでお願いいたします」

多恵さんの後を追うようにしてリビングへ向かうと、朝比奈さんが立ち上がり、すぐさま私の元へとやってきた。

「ワンピース姿なんて初めてだな。かわいいよ」

朝比奈さんが目を細めて私を見つめるから、ドキッとして半歩下がる。

「……そんなことないです」

恥ずかしさに目を逸らすと、抜き打ちで朝比奈さんは私を抱きしめた。彼の腕にふわりと包み込まれて胸が高鳴る。

「そ、それより突然どうしたんですか？」

鼓動が速まったのを誤魔化そうと話題を変えた。

私を引き離した朝比奈さんが、肩に手を置いて顔を覗き込む。

「あまり無茶をしないでくれ」

「……足のことですか？　それならもうこのとおり」

その場で足をトントンと突いてみせると、朝比奈さんはそこでやっとホッとしたように表情を緩めた。

「でも、それだけじゃない」

それだけじゃ……ない？

私が首を傾げると、朝比奈さんが目を三日月のように細める。

「自分の仕事に責任を持っている汐里の話に感動して、今すぐ会いたくなった」

「……あんな話で?」

驚く私に朝比奈さんは、「〝あんな〟じゃない」と真剣な表情で首を横に振る。

「誇らしい恋人をもてて嬉しいよ」

私を真っすぐに見つめて言うものだから、くすぐったくてうつむいた。

「さてと、もっと汐里といたいが、社に戻らなきゃならない」

「仕事中だったんですか?」

「取り掛かっている案件があってね」

それなのにわざわざ私に会いに……?

忙しいというのに車を飛ばして来てくれたことを知って、妙に弾んだ気持ちを覚える。心をくすぐられる思いは私を戸惑わせるばかり。

朝比奈さんは私をもう一度抱きしめてから、待たせていたハイヤーに乗って帰っていった。

そしてその夜、なんとなく残る甘い余韻は私を眠らせてくれなかったのだった。

「汐里さん、さっきからちょいちょいカレンダーを睨んでません？　なにかあるんですか？」

エビグラタンを運んで戻ったゆかりちゃんが、カレンダーと私の顔の間で視線を行き来させる。

「な、なにもないよ」

「そうですか？　やけにカレンダーを気にしてるみたいに見えたので」

「そんなことないよ。ぜんぜんまったく、これっぽっちも気になんてしてない」

そう否定したものの、なんとなく唇が震える。

田辺さんが「はい、ナポリタン上がったよ」とタイミングよく言ってくれたものだから、逃げるようにしてその場を離れた。

この頃の私は、どこかおかしい。

カレンダーを眺めては朝比奈さんに会う日を指折り数えるなんて、本当にどうしちゃったんだろう。

こんなふうにしてなにかを待つのは、遠足や修学旅行以来の気がする。その日のことを考えるだけでワクワクするからたまらない。

そんな自分をどう処理したらいいのかわからなくて、ひたすら嵐が去るのを待つようにじっとしているしかなかった。

そうしてやってきた金曜日。

アルバイトを終えて戻るや否や、私はクローゼットを全開にしてなにを着ていこうかと悩み始めた。ベッドの上にありったけの洋服を出し、鏡に向かう。

黒っぽいものより明るめの色のほうがいい？　このスカートだと短すぎる？　身体のラインがわかるのはあざといかな。これだと胸元が開きすぎる？　ううん、このくらいは大丈夫だよね……。

鏡に映った自分の顔を見て、やけに浮かれていることに気づいた。

私ってばなにを期待しているんだろう。朝比奈さんの自宅へ行ってなにをする気なのか。慌てて表情を引き締めるものの、胸は密かに高鳴っていた。

そうして悩んだ末に選んだのはブラウン系のガンクラブチェックの膝丈フレアスカートと、襟周りに刺繍とビジューが施された少しタイトなエレガントニットだった。無難な路線だろうと思う。

朝比奈さんが自宅へ迎えに来てくれたのは、それから間もなくの午後六時過ぎのことだった。

「ブルーレイは持ってきた?」

うちの敷地を出たところで、朝比奈さんがハンドルを切りながら私に尋ねる。

「はい」

バッグの中から取り出して、朝比奈さんからプレゼントされた未開封の『E・T』を見せた。

「まだ観てなかったの?」

「……そうですね」

プレゼントされた人から一緒に観ようと言われたのに、先に開封するわけにはいかない。観たくてうずうずしていたことは内緒だ。

「もしかして最初は俺と観よう、とか考えてくれた?」

「べ、べつにそういうつもりじゃ!」

朝比奈さんの横顔に笑顔が浮かんだものだから、手も顔も横に振って慌てて否定する。完全に見透かされていて恥ずかしい。

「ありがとう」

「だから、違うんですってば!　観る時間がなかっただけですから!」

なんだか、なにを言っても信じてもらえなさそうだ。

朝比奈さんの口角がさらに上がった。

しばらく走り、高い塀に囲まれた一角に到着すると、鉄製の格子門が自動で開く。重厚なエントランスを通り抜け、また少し走ると三階建ての豪邸が姿を現した。間接照明が白亜の外壁に当てられ、まるで美術館の様相を呈している。

「ここに住んでるんですか?」

「父が亡くなるまでは近くでひとり暮らしをしていたんだけど、祖父をひとりにしておくわけにもいかなくてね」

優しい孫なんだ……。でも、ふたりで暮らすにしても持て余しそうな大きさだ。

「すごい……大きなお宅ですね」

「汐里の家だってでかいだろ」

「これほどではないですよ」

門扉を抜けてから建物までの距離だって、うちはもっと短い。家も敷地も、朝比奈家のほうが遥かに大きい印象だった。

玄関から中に入ると思いきや、地下駐車場の奥に室内に直結するエレベーターが設置されていた。

彼にエスコートされてエレベーターで三階へ到着。カーペットが敷き詰められた廊下を進むと、彼は人差し指を自分の口に当て「しー」という仕草をした。おじいさまの部屋がこの近くにあるのかもしれない。

彼の部屋はさらに足を進めて右に折れ、いくつか部屋を通り越した突き当たりにあった。

三十畳ほどの部屋にはキングサイズのベッドに、大きなテレビに向かって配置されたソファとローテーブル。ドアのない出入口の向こうにある続きの間は書斎なのか、壁一面に埋め込み式の本棚があり、本がたくさん並んでいる。

部屋の隅にはベンチプレスやダンベルもあり、ここで軽いトレーニングもしているようだ。

「とりあえず座って」

朝比奈さんに言われて、ベージュ色のレザーソファに腰を下ろした。バッグからブルーレイを出して、彼に手渡す。

それをデッキにセットし、朝比奈さんが私の隣に座ると自動的に照明が落ちていった。私の隣に座った朝比奈さんはごく自然に私の手を取り、自分の膝の上につないだ手を乗せ、指を絡める。

それが当たり前のような流れだったものだから、私は振り払うタイミングを逃してしまった。というよりも、振り払いたい気持ちすら起きなかった。

配給会社の見慣れたロゴが現れて、数秒で消えていく。オープニングの軽やかな音楽が流れ始め、主人公の男の子が登場する。

数えきれないくらい何度も観た大好きな映画が始まっているのに、私はどうしてもそちらに意識を向けられずにいた。画面を見ているのに完全にうわの空で、つながれた手にばかり神経が集中してしまう。

この映画ならどんなセリフもどんなシーンも諳(そら)んじられるほどなのに、すべてが頭の中から飛んでいってしまった感覚だった。思考がストップしたまま、心音だけがリズミカルに動く。

心と身体がこんな状態で『E・T』を観ることになるとは思いもしなかった。

映画のいっさいが頭に入ってこないまま、いよいよラストを迎える。

何度聴いても胸が震えるエンディングテーマが、今夜は感動じゃなく胸の高鳴りを後押しするような感覚だった。

朝比奈さんを横目で盗み見る。

——え!?　泣いてるの!?

彼の頬には確かに涙が伝っている。

チラッと見るだけのはずが、二度見してしまった。

私の視線に気づいてこちらを向いた彼が、慌てたように涙を手で拭う。

「……カッコ悪いところを見られたな」

私は即座に首を横に振る。

朝比奈さんが泣くとは思わなかったけれど、カッコ悪くはない。それどころか意外にも純粋な彼の姿を見てときめいてしまった。

朝比奈さん、なんだかかわいい。

バッグからハンカチを取り出して差し出すと、彼は「サンキュ」と素直に受け取り目頭を拭った。

「汐里は、もう慣れっこか」

「いえ、そうじゃありません」

何度見ても号泣だ――いつもは。

「……今日は映画どころじゃなかっただけで」

朝比奈さんは私の受け答えに軽く首を傾げた。

私が逸らした視線の先には彼につながれた手があり、私が映画どころじゃなかった理由に気づいた朝比奈さんは軽く息を吸い込んだ。

「これのせい？」

手を持ち上げて私を見る。

素直に認められなくて身体が強張る。ただ、目だけは誤魔化せなくて、自分でも驚くほどに瞳が揺れてしまった。

朝比奈さんの目元に笑みが浮かぶ。

「映画が終わる前にこの手を振り解かれたら、今夜はなにもせずに汐里を帰そうと思ってた。でも……」

……でも？

思わず息を呑む。

私はやっぱりどうかしちゃったのかもしれない。〝なにもせずに〟帰してほしくないと思うなんて。

朝比奈さんは座り直して私のほうを向いた。

「つながれたままだったってことは、俺に対する拒絶反応がなくなった。違う？」

「ち、違います」

心と裏腹な言葉が口からこぼれる。今まで何度となくつっぱねてきた手前、そう簡単にしおらしくはなれない。

「違う？　ほんとに？」

朝比奈さんが私との距離を詰め、さらに顔を近づける。

心拍音が身体中に反響して、胸が波打っている感覚だった。距離を保とうと背筋をのけ反らせると、私はうっかりソファに倒れ込んでしまった。レザーの冷たい感触が背中に当たる。

朝比奈さんは、私の顔の両脇に手を突いて覆い被さった。目を見開いた私に、彼が優しく微笑む。

「汐里が嫌なら、これ以上はなにもしない」

朝比奈さんは片方の手をソファに突いたまま、もう片方の手で私の手を取った。それを自分の胸へと当て、つっかえ棒のようにする。

「嫌だったら、俺を突き飛ばせばいい」

朝比奈さんは真っすぐな瞳で私を見下ろしていた。

私の両腕に力が入る。

いつの間にか変化が訪れていた自分の気持ちに、頭が追いつかない。どういう命令を腕に下せばいいのか迷って、心が惑う。

おかしなことに、呼吸がうまくできなくなった。胸を膨らませてなんとか酸素を取り込もうとするけれど、いくら吸い込んでも身体が楽になりそうにない。胸の中でなにかが暴れているような気さえする。

そこでふと思った。それはもしかしたら朝比奈さんに対する想いなのかもしれない。

――私、朝比奈さんのことが好きなんだ。

それを頭で無理に抑え込もうとするから、反発して暴れているのかも。

だとしたら、楽になる方法はひとつ……？

私を見下ろしている朝比奈さんと目を合わせた。

極度の緊張が私に襲いかかる。突っ張っていた腕からゆっくりと力を抜いて自分の胸の上に置くと、朝比奈さんは優しく微笑んだ。

自分の気持ちを認めたことで楽になるかと思ったのに、それまで以上に胸が苦しい。いつも不意打ちだったキスを待ちわびていた。

彼の顔が徐々に近づき、唇が触れ合う寸前に目を閉じた。

キスを交わしながら胸の上に置いていた私の手を彼が取り、指を絡めるようにして握る。その手は、私の頭の上でソファに縫い止めるようにされた。

「汐里」

朝比奈さんのかすれた甘い声が、私の脳髄(のうずい)を痺れさせる。

優しく触れるだけのキスで、頭がボーッとしてなにも考えられない。どうしたらいいのかもわからなくて、ただ朝比奈さんの唇にされるがままになっていた。

わずかに開いた唇の隙間から彼の熱い舌が差し込まれ、いつになく深いキスが私を高ぶらせていく。経験したことのない高揚感に包まれた。

もしかして今夜は、このままこの先に……？

そう悟った刹那(せつな)、緊張で身体が硬くなる。

どうしよう……。

「あの、朝比奈さん……」

閉じていた瞼を開け、なんとか言葉を発したときだった。

——ドンドンドン！

ノックの音で一瞬にして現実へと引き戻された。

驚いて身体が硬直する。

朝比奈さんは身体を起こして、「会長かもしれない。ちょっと待ってて」と小さく囁いてソファから下り立った。

「どうかされたんですか？」

「ああ、まだ起きていたか」

部屋のドアが開けられる気配の後、朝比奈さんとおじいさまのやり取りが聞こえてくる。

幸いなことにドアに背を向けて置かれたソファのおかげで、私の姿はおじいさまからは見えない。

挨拶すべきか迷ったものの、こんな遅い時間にこっそり忍び込んでいるような状況は初顔合わせに相応(ふさわ)しくないんじゃないかと、私はじっと息をひそめていた。今までとは違う緊迫感が身体を駆け抜ける。

「どうだ、一杯やらないか」

「……そうだなぁ」

「なんだ付き合いが悪いのう」

朝比奈さんが困っている様子は、見なくても伝わってきた。

息を殺してひたすらソファの一部と化しているうちに、突然私の鼻がムズムズとし始める。

どうしてこんなときに！

今音を立てたりしたら大変なことになるだろうと、口を手で覆い必死にこらえる。

ところがそれも無駄な努力に終わり、ついには「クシュン」とくしゃみが私の口から飛び出してしまった。ドアからこちらへ向けて、刺すような気配が漂ってくる。

「誰かいるのか?」

おじいさまの厳しい声がするや、部屋の中へ入ってくる気配がする。ゆっくりとスリッパの音が近づいてきた。

「あ、いや……」

朝比奈さんも、どうにも誤魔化せなくなったようだ。

こうなったら隠れているわけにはいかないと、潔く身体を起こして立ち上がった。

「夜分遅くに申し訳ありません!」

顔も見ずにひたすら頭を下げる。おじいさまはピタッと足を止めた。

「会長、藤沢汐里さんです」

頭を下げたままの私も「藤沢汐里です」と繰り返す。

「……藤沢?」

おじいさまの声が険しくなったような気がした。どことなく不快感すら覚え、歓迎されているようには思えなかった。

そっと顔を上げると、おじいさまは思いのほか小柄で華奢(きゃしゃ)だった。身長は私よりも低いかもしれない。細身で白髪。けれど威圧感漂うオーラは、やはり普通のおじいさんとは違うものを感じる。目元は朝比奈さんとそっくりだった。

嫌な空気が部屋中に立ち込める。

「会長にもご紹介しようと思ったのですが、休んでいらっしゃるようだったので部屋で映画を観ておりました」

「ゴルフ場の件、わしはまだ了承しておらん！　藤沢の娘が一成をたぶらかそうとしているとは何事じゃ！　嫁入り前の娘が、こんな時間に男の家に忍び込むなんてふしだらな！　わしは反対じゃ！　勝手に話を進めるとはけしからん。日下部にも今日、きつく言い聞かせたところじゃ」

「誤解です！　私は一成さんとただ映画を一緒に観ていただけで、ふしだらなことはなにもしていませ……」

激しい叱責を浴びせられ必死で釈明したものの、そこでついさっきまでキスしていたことを思い出して言い淀んでしまった。

「会長、ちょっと待ってください！」

私をかばうように一成さんが立ちふさがる。

「僕ももう三十歳を超えているんです。いつまでも子供扱いしないでください！」

「反論とは何事だ。お前はまだまだ子供じゃ。一成はわしに従っておればいいのじゃ！」

おじいさまの声が烈火のごとく激しくなる。

……どうしよう。このままじゃ大変。

「あの、私、帰りますから。どうかこれ以上は……！」

深く頭を下げると、おじいさまは「とにかく許さんからな！」と捨て台詞を吐いて私たちを睨みつけると、バッと背を向けた。

ドアを乱暴に閉め、廊下に響き渡るほど大きく立てた足音からは、ただならぬ怒りを感じる。

一成さんは慌てておじいさまを追い、私はひとりポツンと取り残されてしまった。

おじいさまの言っていたことから、その激高の原因が私にあることは明白だった。

それにしても、父の会社を傘下に収めることは、すでに決定したことじゃなかったの？

今の言い方だと、朝比奈さんひとりが勝手に進めているように聞こえる。

力が抜けたようにソファに腰を下ろし、なんともいえない心細さに包まれる。強烈な不安から身体が震え、自分で自分の身体を抱きしめた。

どうしよう……。途方に暮れたままで待っていると、しばらくして朝比奈さんが戻ってきた。

「汐里、悪かった」

私の隣に座り、引き寄せる。

「べ、べつに、私は大丈夫ですから」

落ち込む自分の気持ちを隠すように笑い飛ばしたものの、唇の震えは隠せない。

このまますんなり朝比奈さんとの結婚話が進んでいくのかとばかり思っていた。私の気持ち次第で、難なく決まるものだと。だから、自分の気持ちにも素直になれたのに。おじいさまが承認していないなんて、大問題だ。

「婚約がダメならダメで、早く言ってくれないと。今ならまだ――」

「まだ、なに？」

私の言葉を遮った朝比奈さんが、私を引き離して顔を覗き込む。

「まだ引き返せるって言いたいのか」

強く見つめられて返事に詰まった。

「悪いが、俺は無理だ。引く気はない」

揺るがない瞳が私を射抜く。

気持ちを隠して笑いに変えようとした自分が、にわかに恥ずかしくなった。

こんなに真っすぐ想いをぶつけてきてくれるのに、私はなにを迷っているんだろう。

「だから、汐里はなにも心配するな」

一成さんの言葉が私に落ち着きを取り戻させていく。

なんとか微笑み返して、「はい」と力強くうなずいた。

「会長は、俺のことをいつまでも小さな子供だと思っているんだ。孫離れができていないんだろうな。小学生と同等に扱うんだから困ったものだ」

朝比奈さんが自嘲気味に笑う。

「そうなんですね……。でも、おじいさまの気持ちもわかりますから」

うちも父ひとり娘ひとりだから、心配がたたって度が過ぎることはある。孫に対してだと、もっと過保護になってしまうのかもしれない。

「会長とは経営スタイルが異なっていることも起因しているだろうな」

朝比奈さんによると、経営に関して安定成長路線を取るおじいさまと、買収して会社を大きくしていきたいと考える朝比奈さんとで、意見の衝突がこれまでにでもたびたび起こっていたそうだ。

「亡くなった父は、常々『経営は社会貢献である』と言っていたんだ」

「経営は社会貢献、ですか？」

聞き返した私に朝比奈さんがうなずく。

「その地域の雇用供給のために、経営の立ち行かなくなった会社を助けることも貢献の一助になる」

「それで藤沢ゴルフ倶楽部を……？」

「手を差し伸べることで助かる人たちがたくさんいるからね」

朝比奈さんは、会社を大きくすることだけが目的じゃないのだ。筋の通った使命をもって経営に臨んでいる。

なんて立派な経営者なんだろう。

私は朝比奈さんを眩しい思いで見つめた。

「ただ、会長は前社長のそんな思いを知らない。だから、ああして頑なに俺のやることを子供だましの経営だと否定しているんだ」

前社長のことだけではなく、朝比奈さんの思いも、おじいさまは知らないのだろう。

私は、ふたりが早く同じ方向を向ける日がくることを祈るしかできなかった。

「よし。じゃ、送っていくよ」

「え？」

「婚約前なのに外泊はさせられないからね。日をまたぐ前に大切なお嬢様を送り届けないと」

　朝比奈さんはおどけて笑った。

　本当に誠実な人だと、胸がじわじわと温かくなる。

「正直に言うと、さっきは危なかった。今夜はキス止まりだって決めてたくせに、危うくその先にいきそうになった。その点では会長に感謝だな」

　朝比奈さんが照れくさそうに笑うから、私まで笑顔になる。

〝その先〟の言葉には、顔が熱くなった。

　私は素敵な人に恋をしたのかもしれない。ふとそんなことを思った。

# ふたつの政略結婚

「ハンバーグセットお願いしまーす！」

「汐里ちゃん、なんだか今日はいつも以上に元気だね」

田辺さんが厨房から笑顔を覗かせる。ゆかりちゃんまで「なにかいいことでもあったんですか？」なんてニコニコだ。

「やだ、なにもないってば」

緩む頬を必死に引き締めるけれど、どうしたって目が笑ってしまうから始末が悪い。

幸せが人を笑顔にするというのは、まったくもって本当だ。

ゆかりちゃんたちにからかわれながらわいわいやっていると、カランコロンと入口の鈴が鳴ったので、「いらっしゃいませー！」と言いながら振り返る。

入ってきたのは、スーツ姿の男性だった。

どこかで会ったことのあるような気がしなくもない。「おひとりさまですか？」と尋ねると、その男性は人懐こい笑みを浮かべた。

「汐里、久しぶりだな」

「……はい？」

立ち止まった男性とふたり、店内の真ん中で立ち尽くす。

……誰？

中学から大学まで女子校だった私には、男性の知り合いはいないに等しい。

すらっと背が高く、サラサラの髪に黒縁メガネ。若干たれ目の穏やかな表情。

記憶のどこにも、それに合致する顔は見つけられなかった。

「俺だよ、俺。浩輔、西野浩輔！」

……にしの……こうすけ……？

ぜんまい仕掛けの時計の針がゆっくりと回転するように、私の記憶回路が動く。

「……あー！」

思い出した！

高校一年生のときまで近所に住んでいた幼馴染だ。父親がホテルを経営していて、
彼はスイスへ留学したはず。その後、西野家自体も引っ越してしまった。

「思い出してくれた？」

彼の顔がパッと華やぐ。

「うんうん。本当に久しぶりだね。ぜんぜんわからなかった」

「いい男になっただろ？」

人懐こい笑みは、あの頃のままだ。

「うん。昔はメガネもかけてなかったし。……あ、ひとまず座るよね？」

うっかり店内の真ん中で立ち話を続けるところだった。

空いているカウンター席へ案内すると、すぐにゆかりちゃんが水を運んできてくれた。ゆかりちゃんは私に含ませたような笑みを寄こし、ついでに軽く脇腹を小突いていく。

「ご注文は？」

「うーん、そうだなぁ……ホットサンドで」

「はい。かしこまりました」

田辺さんへ注文を伝え、ゆかりちゃんの隣へと戻る。

「汐里さん、誰なんですか？」

待っていましたとばかりにゆかりちゃんが尋ねる。

「幼馴染。高校生のとき以来だから、十年ぶりくらいかな」

「この店には、どうして汐里さんにばっかりいい男が訪ねてくるんでしょうか？」

ゆかりちゃんがぷぅと頬を膨らませるから、「なにそれ」と思わず噴き出した。

三十分後。食べ終えた浩輔くんが会計に立った。

「ところで、今日はどうしてこの店に？」

レジを打ちながら尋ねる。

「汐里の家に行ったら、家政婦さんにここにいるって教えてもらったんだ」

「うちに寄ったの？　いつ日本に帰ってきたの？　今はどこに住んでるの？」

浮かんだ質問を次々にぶつけると、浩輔くんは面食らったような顔をしてから、楽しそうに笑った。

「一気に聞かれても困るな。それはまた後でね」

「……後で？」

私が首を傾げると、浩輔くんは意味深な顔をして「おいしかったよ」とお店を出ていってしまった。


バイトを終えて家に着くと、孝志おじさまの車と見慣れない外車が停まっていた。

朝比奈さんのものとは違うから、父のお客か、会社関係の人か。

「ただいま」とひと声掛けて靴を脱いでいると、多恵さんがスリッパの音を響かせてやってきた。

「汐里様、おかえりなさいませ」

「お客さま?」

「はい。孝志様と西野様とおっしゃる方でございます」

「西野!? 西野浩輔?」

思わず目を剥いた。

帰り際に『また後で』と言っていたのは、うちに来る予定があったからなのか。

「実は、今日のお昼過ぎにお越しになって汐里様にお会いしたいとおっしゃるので、アルバイト先を教えてしまったのですが……」

浩輔くんも確かそんなことを言っていた。

「幼馴染とおっしゃっていましたが、そうなんですか?」

「うん、そうなの」

多恵さんがこの家に来たのは、浩輔くんが留学して一家が引っ越した後だ。

でも、孝志おじさまが一緒なのはどうしてなんだろう。

「ちょっと顔出してくるね」

リビングのドアを開けると、ほんの数時間前に木陰で再会したばかりの浩輔くんが「どうもー」と言いながら手をひらひらと振った。

その隣には、白髪交じりで薄くなった髪を短く刈り上げ、父とは対照的に恰幅のある孝志おじさまが座っていた。いつもは眼光鋭いおじさまが、今日は穏やかな笑みを浮かべている。

それとは対照的に、振り返った父の顔はなぜだか曇っていた。

「どうしたの?」

回り込んで父の隣に座る。

「大事な話があって来たんだ」

浩輔くんが嬉しそうに満面の笑みで答える。

「あ、もしかして浩輔くん結婚するの? 幼馴染のよしみで報告に来てくれたとか?」

「半分、当たり」

浩輔くんは人差し指を立ててほくそ笑んだ。

「半分? それじゃ、残りの半分は?」

「結婚相手は汐里、キミだよ」

……はい?

口を開けてポカンとする。

「汐里が、俺の結婚相手」

浩輔くんは微笑んだ。

「――やだ、なに言ってるの？　だって私は――」

「コンラッド開発の社長と結婚するから、西野くんとはできない？」

孝志おじさまが私の言葉を遮ったので大きくうなずくと、おじさまが「ハハッ」と高笑いをする。

どうしてそんな反応をするのかわからず、私はキョトンとしてしまった。

「まったく、兄さんときたら勝手に話を進めてしまうんだから困ったものだよ」

「孝志、コンラッド開発はな――」

「ちょっと兄さんは黙っていてくれないか。今、汐里に説明するから」

おじさまは父を手で制した。なんだかとっても嫌な感じだ。

会社を動かしているのは、確かにおじさまかもしれない。でも、ここまで高圧的な態度をとっているところは初めて見た気がする。

「汐里、西野くんの父上が『ホテルアーロン』を経営しているのは知っているな？」

「もちろん、知っています」

今でこそ関西に拠点を移しているものの、ホテルアーロンは関東でも一流として名高い。両親とも経営に携わって忙しいこともあって、浩輔くんはよくうちで一緒に遊んだのだ。

「来年、そのホテルの代表権を西野くんが継ぐことになったそうだ。それで、うちのゴルフ場と合わせて大きなリゾート地を開発したいと申し出てくれたんだよ」

おじさまは、両手を広げて〝大きな〟という部分を強調した。

「それが、浩輔くんと私の結婚にどう関係が――？」

「西野くんが、ぜひ汐里を嫁にもらいたいと。それを受け入れれば、会社統合の条件をもっと良くすると言ってくれているんだ。その条件というのが、コンラッド開発が提示したものよりずっと勝っている。こんないい話はないじゃないか。どうだ？」

孝志おじさまは目を大きくして私の反応を窺った。断るはずはないだろうという自信が見え隠れしている。

でも突然そんな話をされて、私が『はい、そうですね』と答えられるはずもない。朝比奈さんとの話が進む前ならまだしも、私の気持ちはもうすでに動き始めてしまっているのだから。

助けを求めるつもりで父を見ると、父は私に向かってゆっくりとうなずき、ソファに座り直した。

「孝志、待ちなさい。汐里が驚いているじゃないか」

「それは驚くでしょうに。なんせ、好条件の結婚話が舞い込んできたんだから」

「そうじゃない！」

いつも穏やかな父が、珍しく声を荒らげる。

「兄さん、経営のことは俺に任せておけばいいんだよ」

「それなら言わせてもらうが、汐里の結婚のことは孝志が口出しすることじゃない」

空気が急に張りつめた。

父とおじさまが睨み合う。こんなふたりを見るのは初めてだった。

そんな中なのに、浩輔くんが口元に笑みをたたえているものだから。思わず彼を睨むと、さらに表情を崩してにっこりと笑い返された。まるでこの状況を楽しんでいるみたいだ。

重苦しい沈黙が漂う中、リビングのドアが開けられ、「失礼いたします」と多恵さんがおずおずと顔を覗かせる。

「……朝比奈様がお見えです」

「朝比奈さんが!?」

嫌な空気がすぐさま吹き飛ぶ。朝比奈さんなら救ってくれるかもしれないという嬉しい期待に、私はソファから立ち上がった。

「こんにちは」

中に入ってきた朝比奈さんは、挨拶をすると眉をピクリとさせた。

「コンラッド開発の朝比奈社長ですか？」

孝志おじさまはさっきまでの尖った表情を一変させ、柔和な笑顔を浮かべる。

「藤沢専務でしょうか？」

すぐに察した朝比奈さんは、「初めまして」と両手を脇に揃えて頭を下げた。

おじさまと浩輔くんが立ち上がり、彼の元へ歩み寄る。

「ちょうどよかったですよ、朝比奈社長」

まさか、浩輔くんのことを紹介する気じゃ……。

嫌な予感はすぐに確信へと変わった。

「こちらは、ホテルアーロンの次期社長、西野浩輔くんです」

浩輔くんが朝比奈さんへ手を差し出し、ふたりが険しい表情で握手を交わす。まったく穏やかではない。剣呑な雰囲気を察し、父と私はふたりの側に近寄った。

「西野くんはね、藤沢ゴルフ倶楽部を朝比奈社長よりも好条件で引き受けたいと申し出てくれているんです」

「孝志！」

おじさまは父を私同様に手で制する。朝比奈さんは困惑の表情で父を見て、それから私を見た。

「それから、汐里との結婚も」

突然、浩輔くんが手を伸ばして私を引き寄せたものだから、よろけて彼の胸にぶつかり、抱き寄せられる格好になった。

「ちょ、ちょっと！」

力任せに浩輔くんを手で押しのけ朝比奈さんの隣へ逃げると、彼は私をかばうように腕を伸ばしてくれた。

「気の強さは相変わらずだね、汐里」

なぜか嬉しそうに浩輔くんが笑う。

「もっと仲良くやろうよ。お互い、ファーストキスを交わした仲じゃないか」

「――なっ！」

とっさに拳を握る。そんな昔の話をどうして今ここで！

あれは中学生のときだった。私の部屋で一緒に勉強をしていたときのことだ。

数学の問題に頭を悩ませている私の後ろから、「どこがわからないの？」と浩輔くんが覗き込むようにしたとき、「あのね」と私が振り返った弾みで唇が触れ合ってしまったのだ。本当にたまたま。ちょっとしたアクシデントだ。

今よりもっと初心(うぶ)だった私は逃げるように部屋を飛び出し、それから一ヶ月くらいは浩輔くんの顔すら見られなくて避けたものだ。

「西野さん、それは彼女のお父さまのいる前でする話じゃないですよ」

朝比奈さんが諫めるようにしてくれたおかげで、私は今にも浩輔くんに繰り出しそうになっていた拳を下ろすことができた。

浩輔くんは朝比奈さんに言われて面食らったのか、ばつが悪そうに視線を彷徨(さまよ)わせている。

「ともかく藤沢ゴルフ倶楽部と汐里の件は、こちらの藤沢孝志専務と話を詰めていきますので」

すぐに冷静さを取り戻したのか、浩輔くんは真っすぐに朝比奈さんを向いてそう宣言すると、私たちに一礼して孝志おじさまと部屋を出ていった。

「いや、一成くん、身内の恥をさらしてしまったね……」

父が眉尻を下げ、困ったような顔で笑う。

「実は、ある筋からホテルアーロンの買収話の噂を聞きつけたものですから、飛んできたんです」

なんと、浩輔くんとのことが朝比奈さんの耳に入っているとは思いもしなかった。

「いやはや、私の不徳の致すところでね。最初は賛成していた弟の孝志が、突然コロッと態度を変えたものだから、正直、私も驚いているんだ」

ふぅと長く息を吐き出し、父はこの頃出てきたお腹をさすった。

「でも、コンラッド開発との話を反故にする気はない。もちろん、汐里との縁談もね」

その言葉を聞いてホッとする。孝志おじさまが会社の実権を握っているだけに、父が折れてしまうのではと不安に思っていたから。

「浩輔くんのことは幼い頃から知っているから、もちろん悪い話じゃないとは思っている。だが、一成くんほどの素晴らしい青年は、どこを探してもいない。私は会社と汐里、両方を任せられるのは一成くんしかいないと思っているんだ」

「そこまで言っていただけて光栄です。ありがとうございます」

朝比奈さんがまじめな顔で目礼する。

「私も、今回のお話を譲る気はありません。こちらとしましても最善を尽くしてまいりますので、藤沢社長もどうかご心配なさらずに」

朝比奈さんの頼もしいひと言に、父は嬉しそうに笑った。

彼にそう言ってもらえると、なによりの自信につながる。一時はどうなることかと膝が震えそうになったけれど、朝比奈さんからは不安な要素はいっさい感じない。

彼は、私を見て笑みを浮かべながら大きくうなずいた。


その後、朝比奈さんに誘われ、私たちは彼の車でメインストリートから少し離れたところにあるフレンチレストランへやってきた。

常連客以外はお断りという隠れ家だそうだ。よく訪れるのか、彼は店のスタッフに「朝比奈様、いつもありがとうございます」と挨拶されていた。

そういえば、こうしてふたりで外食をするのは初めてだ。

窓際の席へと案内された私たちの元に厨房から直々に料理長がやってきて料理の説明をすると、朝比奈さんは私の好みを聞きながら、メニューを注文してくれた。

彼が車だったこともあり、乾杯はスパークリングウォーターだ。

「ズッキーニとカニのテリーヌ仕立てでございます」

オードブルが運ばれてきたので、ナイフを入れフォークで口へ運ぶ。

――おいしい。

下に敷かれたトマトソースの酸味が、ほどよく胃を刺激してくれた。何気なく顔を上げると、笑みを浮かべた朝比奈さんと目が合う。

「どうしたんですか？」

「……いや、さっきのことを思い出してた」

さっきのこと？

首を傾げていると、朝比奈さんの口角に微笑が浮かんだ。

「俺がリビングに顔を出したときの汐里の顔」

「……私の顔？」

「ものすごく嬉しそうな顔してた」

「えっ……」

そのときのことを思い返して、顔にボッと火の手が上がる。朝比奈さんが来て嬉しかった自覚があるだけに、そこを指摘されて動揺してしまった。

「そ、それは、あの話があんまり唐突だったから。朝比奈さんが来て、場の空気が変わるかと思って」

早口で弁明する。自分の気持ちはもう誰が見ても明白なのに、今さらなにを隠し立てしようというのか。

「べつに俺に会えて嬉しいわけじゃなかったってこと？」

「それは……」

いたずらに探るような視線に、二の句が継げない。

朝比奈さんだって、本当は私の気持ちを知っているはずだ。

「それとも、幼馴染とかいう社長と結婚したい？」

「——ち、違います！」

つい興奮してしまい、静かな店内に私の声が響いてしまった。肩をすくめて、周りのお客に謝罪の目礼をする。

「ごめん。ちょっと意地悪しちゃったね」

ほら、やっぱり朝比奈さんはわかっているんだ。私が朝比奈さんをどう思っているのかを。

「変な話を聞かされたから、つい汐里をいじめたくなった」

「変な話ってなんですか？」

「汐里のファーストキスの相手が、さっきの幼馴染だってやつ」

朝比奈さんの言葉に思わずせき込む。

「大丈夫か？」

向かいの席から彼が心配そうな顔をする。

首を縦に何度も振って大丈夫だとアピールした。

「それで？　それは本当の話？」

真っすぐな視線に捕まえられる。

私がなにも返さないでいると、彼は訝るように目を少し細めた。

「あ、でも、それはもうずいぶん昔の話ですから」

それに、ちょっと軽く触れ合っただけのキスだ。

「……なんか腹立たしいな」

朝比奈さんが、そんなことにこだわるとは思ってもいなかった。

これだけカッコ良くてお金持ちでスマートで……。女性遍歴もきっと多くて、私とは違って数々の恋愛をしてきたはずだろうから。それなのに私のファーストキスを気に病むなんて……。どうしよう、ちょっと嬉しい。

つい口元を緩めると、朝比奈さんが「なんだよ」と私を軽く睨む。

「いえ、なんでもないです」

「なんでもないって顔じゃないだろ」

彼は拗ねたように私から目を逸らした。

なんだかかわいい。

朝比奈さんの意外な一面は、孝志おじさまや浩輔くんとの一件を忘れさせてくれたのだった。

フレンチを食べ終え、私は再び朝比奈さんが運転する車に乗っていた。

「汐里、早く婚約を済ませよう」

「どうしてですか？」

まだ会社のことも不安定なのに。朝比奈さんも父も『心配ない』と言ってくれてはいるものの、実際はやっぱり難しいんじゃないか。

「汐里を連れ出しにくい」

私を連れ出しにくい？　今まで、そんなふうに感じることはなかったけれど……？

いつも一陣の風のごとく私をさらっていくくせに。

「藤沢社長の手前、汐里を外泊させにくい」

「……外泊？」

——って、つまりは……！

思い浮かんだシチュエーションが、私の心拍数を速める。

「婚約すれば、体面的にも問題ない」

助手席でひとり神経を張りつめさせていると、朝比奈さんの手が私の髪に触れた。

ドキンと心臓が弾む。

気づけばそこはもう私の自宅の前で、車が停車していた。

「とくに今夜は帰したくなかった」

彼の手が髪から頬へ移動し、朝比奈さんへと顔を向けさせられた。

いつになく真剣な眼差しの彼の顔がゆっくりと近づき、私の感情が高まっていく。

朝比奈さんとのキスはもう何度目かになるのに身体が震えるほどにときめいてしまう。

目を閉じた瞬間、彼の唇が私に重なった。いつもより情熱的に感じるのは、私のファーストキスの話が出たせいなのか。息もうまく取り込めない。彼のキスに応えようと必死だった。

ひとしきりそうした後、朝比奈さんの唇がそっと離れる。至近距離で合った彼の目が三日月のように細くなった。そのまま私の肩を引き寄せ、運転席から器用に抱きしめる。

ドキドキするのになぜか落ち着く。男の人の腕の中が、こんなに心地良いものだとは知らなかった。ふわふわして足が地についていないような感覚で、自分が綿毛にでもなったみたい。

目を閉じて、朝比奈さんの匂いを胸いっぱいに吸い込んだ。

# 結婚を迫った本当の理由

翌日、アルバイトの帰り道でのことだった。

「藤沢汐里さん」

突然フルネームで呼ばれハッとして振り返ると、そこにいたのは朝比奈さんの秘書の日下部さんだった。背筋をピンと伸ばし、着ているスーツにはひとつもシワがない。

無言の圧力を感じるのは、二度目でも変わらなかった。それは初対面で苦手意識を植えつけられたせいかもしれないけれど。

「……こんにちは」

「どうも歓迎されていないようですね」

私の笑顔が引きつったことを見破ったようで、日下部さんは薄笑いを浮かべた。

「あの、なにか……?」

「ちょっとお時間よろしいでしょうか。ここでは人目につきますので、あちらで」

日下部さんは、目の前のパーキングに停められた黒い車を指差した。

朝比奈さんの秘書にそう言われれば、断るわけにもいかない。指示された車の後部座席に乗り込んだ。

運転手がいないところを見ると、日下部さん本人がここまで運転してきたのだろう。彼も後部座席に座ったということは車を出すわけではないようだ。

ドアが閉められ、外の音が遮断される。

日下部さんとふたりきりの車内は、なんとも居心地の悪い空間だ。

「ひとつご忠告申し上げておこうと思い、今日はここへ参りました」

日下部さんは私を見るわけでもなく、真っすぐ前に視線を保ったまま言った。

そんな姿勢に私は身構える。

「忠告、ですか?」

「社長の朝比奈とは、この頃ずいぶんと親密にされているようですが、あまり深入りはなさらないほうがよろしいかと」

それがどういうことなのか、すぐにピンときた。朝比奈さんのおじいさまだ。

初めて会ったときに激しい叱責にあったことは、記憶に生々しく残っている。

おじいさまは藤沢ゴルフ倶楽部の買収も、朝比奈さんと私の結婚も認めないと言っていた。そのことは日下部さんにもきつく言って聞かせたと。

日下部さんは、きっとそのことを言いたいのだろう。

「私……、会長さんが反対されていることは知っています」

「それもありますが、あなた自身のためです」

日下部さんは、そこで初めて私を見た。すぐにでも逸らしたくなるほど強い視線だった。

「私のため……?」

どういうことなのかわからない。

「朝比奈は、社長に就任したばかりで焦っているのです」

忙しそうにはしていても、私は朝比奈さんが焦っているような様子を感じたことはこれまでに一度もない。

「なにを焦るんですか?」

「会長に早く認めてもらいたいと」

日下部さんによると、前社長が亡くなったばかりのコンラッド開発は、朝比奈さんの祖父である会長の威光が強いらしい。会長がノーだと言えば、イエスも覆ってしまうと。

その会長に認めてもらうには、会社を大きくするのが手っ取り早いと朝比奈さんは考えたそうだ。会長が以前からゴルフ場を欲しがっていたこともあって、うちに目をつけたと。

「はっきり言います」

日下部さんは、表情をひとつも変えずに淡々と言った。

「朝比奈は藤沢ゴルフ倶楽部が欲しくて、あなたに近づいたんです」

頭をハンマーで殴られた気がした。座っているのに、眩暈すら感じる。

朝比奈さんがたまたま入った喫茶店にいた私に、好意を持ってくれたわけじゃなかったの？　その私の父親の会社が傾きかけていることを偶然知って、手を差し伸べようとしたんじゃなかったの？

日下部さんの言うことが本当なら、朝比奈さんは事前に私があそこでアルバイトしていることを知っていたってこと？　藤沢ゴルフ倶楽部を確実に手に入れるために、私の心を利用したの……？

いろんなことが一気に頭の中を駆け巡る。

そんなのうそだ。そう否定する一方で、ふたをしてしまいたい考えがよぎる。

私がどこの誰であるかを知っていたから、難なく私の自宅にたどり着いたと考えるほうが自然かもしれない。

そもそも数々の縁談で断られ続けてきた私は、そこまでして手に入れたいと思われるような女じゃない。世間でいうところのハイスペックな朝比奈さんが、熱烈に恋するレベルではないのだ。

それなのに私ときたら、すっかり舞い上がっていた。

朝比奈さんは、おじいさまに認められるために藤沢ゴルフ倶楽部を手に入れたかっただけ。朝比奈さんが私に言ってくれたことは、全部うそだった——。

力が抜けたようにシートに身体を預けた。

「会長は買収を認めておりません。深入りしないほうが身のためです」

「どうして今の話を私にされたんですか?」

わざわざ待ちぶせまでして。

日下部さんの視線が私に舞い戻る。

「私は、コンラッド開発の発展をただひたすら願っているのです」

「……つまり、そのためには私が邪魔だと」

「そうは言っていません。より良いほうへ導くためです」

邪魔だと言っているも同然だ。

日下部さんは、眉ひとつ動かさずに言った。

日下部さんの車を降り、自宅へとぼとぼと歩く。

低く垂れこめた雲を抱えた鉛色の空は、私の心をそのまま映しているみたいだ。重くて重くて仕方がない。

家の門を通り抜けたところで、私は「あ」と声を上げた。

濃紺のパンツにジャケットというラフな格好の浩輔くんが立っていたのだ。自分の車に寄りかかるようにして腕組みをしていた彼は、私に気づいて手を軽く上げた。

「……どうしたの?」

昨日の今日だけに身構えながら聞くと、浩輔くんはメガネの奥の目を細めた。

「どこかに出かけようよ。ご飯でも一緒にどう?」

「行かない」

即座に答えると、彼はつかつかと私に歩み寄った。出し抜けに浩輔くんの手が伸びて、私の頬を包み込む。

「冷たいなぁ。ほら、車に乗って」

「嫌っ!」

その手を邪険に払いのける。

浩輔くんは一瞬驚いたように目を丸くしてから笑った。余裕の笑顔だ。

「汐里のそういう強気なところ、すごく好きだな」

「浩輔くんのこと、嫌いじゃないよ。でも、ただの幼馴染なの」

それ以上でも以下でもない。

「浩輔くんだってそうでしょ？　十年以上会うこともなかったのに、どうして急に結婚なんて言い出すの？」

私にはその言動がぜんぜんわからない。

確かにファーストキスの相手は浩輔くんだけど、あれは弾みで唇が触れ合っただけ。キスにカウントするのすら怪しいものだ。

浩輔くんは切羽詰まったような顔で私を見た。

「汐里のことが前から好きだったんだ」

「えっ……」

思わぬ告白と浩輔くんの真剣な表情が、私から言葉を奪う。そんなふうに想われているとは考えもしなかった。

「でも、汐里はいつだって俺を幼馴染以上には見てくれなかったから……諦めていたんだよ」

浩輔くんは昔を懐かしむように遠くを見てから、その眼差しを再び私へと向けた。

「藤沢ゴルフ倶楽部の買収話がとん挫しているって噂を聞きつけてね。これはチャンスじゃないかと思った」

コンラッド開発ほどの大企業ともなれば、そういった話が広まるのは早いのかもしれない。同じ業界にいるのならばなおさらだ。

「それに俺も、昔のようになにもできずに諦めていた中学生じゃない。ホテルアーロンの次期社長だからね。汐里を手に入れるための武器は持っている」

誇らしそうに胸を張る浩輔くんは、確かに中学生の頃とは違う。いつもニコニコして少し気の弱そうに見えたあの頃とは、別人と言ってもいいかもしれない。その顔は自信に満ちていた。

「とにかく行こう、汐里。空白の十一年を埋めよう」

「だから、行かないってば！」

掴まれた手を引き抜こうとしたときだった。

「おやめくださーい！」

か細く高い声が掛けられた。

そちらを見れば、多恵さんが〝ほうき〟を逆さに握り締めて立っていたものだから、絶句して目が点になってしまった。

「し、汐里様から離れてください」

手も声も震えている。

私のことを救出するために出てきてくれたみたいだ。必死なのは、その強張った顔からもわかった。

浩輔くんが鼻から息を漏らすように笑う。

「どうも俺は歓迎されていないようだね」

私からパッと手を離した。

「今日は諦めて退散しよう。でも汐里、次は確実にさらうから覚悟しておいてね」

浩輔くんは、私の額を指先でツンと弾いた。

さんざん私を困らせたくせに、最後には「じゃ、またねー」なんて手を振りつつ、爽やかな空気をまき散らして私の前から去っていった。

「大丈夫でございますか⁉」

多恵さんがすぐさま私に駆け寄る。

「大丈夫だよ。あのくらいなんてことないから」

「汐里様にもしものことがあったら、朝比奈様に顔向けができなくなります。なんとしても、この私が汐里様をお守りしなくてはなりません」

多恵さんは持っていたほうきを置き、私の手を両手で握った。まだ震えているところが、多恵さんらしい。

「本当に大丈夫だから。多恵さんは心配しすぎなの」

「そのようなことはございません」

多恵さんが大きく首を横に振る。

「汐里様は、少し悠長に構えすぎでございます。おてんばですのに、そういったところばかりお嬢様っぽいんですから」

多恵さんはハッとしたように口元に手を当てた。

「いきすぎたことを申して、も、申し訳ございません。私ときたら……」

「言ってることは間違ってないから、べつにいいんだけどね」

多恵さんは、ばつが悪そうに肩をすくませた。

悠長に構えているつもりはないけれど、どうも私は多恵さんの手にある〝お嬢様〟みたいだ。

私は「中に入ろうか」と言って、多恵さんの腕を引っ張った。

「最近、お元気がないようにお見受けしますが……？」

お茶を運んできた多恵さんからそう言われたのは、日下部さんと浩輔くんの〝急襲〟から三日ほど経った土曜日の午後だった。

朝比奈さんとは幸か不幸か、あれ以来会っていない。

「朝比奈様、この頃ご無沙汰ですね」

「そうだね」

「どうされたんでしょうか」

「忙しいんでしょ」

気のない返事を繰り返す私に、多恵さんが「なにかありましたか？」と尋ねる。

「……なにもないよ」

一瞬詰まりながらも、首を横に振った。

浩輔くんとの一件より気になって仕方がないのは、日下部さんが言っていたことだ。

『朝比奈は藤沢ゴルフ倶楽部が欲しくて、あなたに近づいたんです』

やっぱり私のことを本気で好きになる人はいないんだと、笑い話にしてしまおうかと思った。笑い飛ばして、自分の気持ちも吹き飛ばしてしまおうかと。

でもまだそうすることもできずに、心の整理がつかずにいた。

自室でひとり、ゆったりと紅茶を飲んでいると、コンコンコン！と忙しなくドアがノックされ、返事をする間もなく多恵さんがドアから飛び込んできた。

「朝比奈様がお見えです」

「え⁉」

多恵さんの後ろから、朝比奈さんが顔を覗かせる。

いつものようにリビングで待っているだろうとばかりに思ったから、これには本当に驚かされた。

「突然ごめん、汐里」

日下部さんからあんな話を聞かされた後だというのに、彼の顔を見た嬉しさに私の心が素直に反応する。

「どうしたんですか」

「一緒に行ってほしいところがあるんだ」

部屋に入ってきた彼が座っていた私の手を取り、立ち上がらせる。

「多恵さん、社長にもお伝えください。汐里さんをお借りします」

朝比奈さんは多恵さんにそう告げると、手を引いたまま私を家から連れ出した。

いつものように助手席に乗せられ、車が素早く発進する。胸につっかえているいろんなことを聞く猶予もなかった。

「どこへ行くんですか？」

「パーティー」

「え？　パーティーですか？」

聞き間違いかと思い、聞き返す。

「リゾート業界をはじめ、レストランや旅行業界の人たちが集まるパーティーが今夜あるんだ。そこに付き合ってもらいたい」

「え、でも私、こんな格好ですよ」

大きめのニットにロングスカート。部屋でくつろいでいたままで、パーティーに出られるような服装ではない。

朝比奈さんがきちんとしたスーツ姿だったことに、今さら気づいた。

「大丈夫。用意してあるから」

朝比奈さんが手で後部座席を差したので振り返ってみると、ブランドの紙袋が置かれていた。

「……ずいぶんと急ですね」

日下部さんとのことが胸に引っかかって、つい冷たい言い方になる。

「朝からメッセージも電話も入れてたんだぞ」

――そうだ。

スマホの電源は、今朝から切りっぱなしだった。というのも、浩輔くんから再三にわたって連絡が入っていたからだ。

「電源を切っていました」

「なんか機嫌悪い？　もしかしてここ数日、連絡しなかったことを怒ってる？」

朝比奈さんがチラッとこちらを見た。

朝比奈さんは私のことを好きなわけじゃない。欲しいのは、父の会社。

胸の中に鬱積（うっせき）した不信感が、みるみるうちに膨らんでいく。それらが今にも口から飛び出そうになったときだった。

朝比奈さんの左手が私の頭に触れる。

あやすようにポンポンとされて、はちきれそうになった不信感がすぐさま小さくなっていく。それはまるでシューッと空気の抜けたビニール人形のようだった。

「ごめん、汐里。拗ねないでくれ」

「べつに拗ねてないです」

言葉と裏腹に唇が尖っているのは、自分でもわかった。頭と心がバラバラで、どうにもできない苛立ちからだ。

信号が赤に変わって、車がゆっくりと停車した。

「汐里」

呼ばれて顔を向けた瞬間、意表を突いて唇が重なる。

すぐに離れた朝比奈さんは、「隙あり」といたずらっぽく笑った。

こうしていると、日下部さんが言っていたことは夢だったんじゃないかと思ってしまう。もしくは、朝比奈さんの仕事の邪魔をした私に、ちょっとした意地悪のつもりで言っただけだとか。

都合の悪いことから目を背けたくて、自分のいいように考えてしまうのはわかっているけれど……。

そうしているうちに車が停車し、朝比奈さんが助手席へと回り込んだ。差し出された手を取って降り立つ。高級ホテル『ル・シェルブル』の前だった。

朝比奈さんは車のキーをドアマンに預け、私の腰に手を添えて歩きだす。

「支度用に部屋を用意してもらっているから」

彼は手にしていた紙袋を私に見せるように持ち上げた。

エントランスから入り、シャンデリアがきらめくゴージャスなロビーを抜けていく。

朝比奈さんは迷うことなく足を進め、エレベーターに乗り込んだ。

音ひとつしない静かな空間。綺麗に磨かれた扉に、ぼんやりと私たちが映り込む。

それは、エリート社長と落ちぶれたお嬢様のツーショットだった。

やっぱり私は朝比奈さんにふさわしくない。私はなにを夢見ていたんだろう。

落ち込んだ気持ちは低空飛行を続けていた。

到着した五階をひたすら奥へと突き進む。

ウエディング用の控室だろうか。朝比奈さんに案内されて入った部屋は、カーテンで仕切られた更衣スペースの奥にメイクルームがあり、部屋の中央には大きな全身鏡が存在感を放っていた。

「とりあえず先にこれに着替えようか」

彼に言われるままカーテンの向こうへ行くと、紙袋を手渡される。

「俺は外で待ってるから」

紙袋にそーっと手を入れると、中からワインレッドのワンピースとベージュのボレロが出てきた。

ワンピースはジョーゼットシフォン製で、胸元にビジューが施された華やかなものだ。数年前まではこういったドレスを着て、父に連れられてパーティーへよく行ったものだ。

社交場は初めてじゃないけれど、久しぶりのせいか気分が引き締まる。

用意されていたヒールを履きカーテンを開けると、「お待ちしておりました」とすでにヘアメイクさんがスタンバイしていた。なにからなにまで用意周到だ。

「……お願いします」

戸惑いながら大きな鏡の前の椅子に腰を下ろす。

ヘアメイクさんが無駄のない動きで私に魔法をかけていく。その華麗な手さばきを見ているうちに緩めに編み込みされたハーフアップと、華やかなパーティーメイクを施された私が完成した。

「こちらでそのままお待ちくださいませ」

ヘアメイクさんが出て行き、心許ない時間が訪れる。

朝比奈さん、早く来ないかな……。

そうして鏡の前に座ったまま待っていると、ドアが開けられたので反射的に立ち上がる。ところが、入ってきたのは朝比奈さんではなかった。

彼に向けようと浮かべた笑顔が凍りつく。

「……日下部さん」

鏡に映った彼は、不服そうな表情を浮かべていた。

「こんなところまでのこのこいらっしゃるとは。私の忠告は聞き入れてもらえなかったようですね」

「そういうわけじゃ……」

小さい声で反論しながら、椅子に力なく腰を下ろした。

日下部さんから言われたことは、あの日からずっと心に引っかかったままだ。

「朝比奈さんに聞こうと思っているうちにタイミングを逃して。今日も、突然こうしてここに連れてこられてしまったんです」

「社長はあなたに問いただされても、否定するでしょう。藤沢ゴルフ倶楽部を欲しい一心で」

自分でも薄々そうじゃないかと思っていたから、ぐうの音も出なかった。

「……日下部さん、私のこと嫌いですよね」

鏡の中で彼と目が合う。強い眼差しに負けるもんかと踏ん張った。

「好きも嫌いもありません。私はただ、会社の発展を願うのみです」

日下部さんが涼しい顔をして平然と言う。感情はひとつも読み取れなかった。

それからはお互いに口をつぐみ、重く静かな空気が流れる中、ドアの開く音がして朝比奈さんが鏡に映り込んだ。

ダークグレーのスリーピースに薄いブルーのシャツ。胸元にはポケットチーフが顔を覗かせている。普段のスーツとは少し違うフォーマルな装いに、思わず目が釘づけになる。あまりに素敵で無言になってしまった。

「立って」

朝比奈さんに言われて我に返り、差し出された手を掴んで立ち上がった。

「思ったとおりだ。よく似合ってる」

私の両肩に手を置き、にっこり笑う朝比奈さんの顔が鏡に映った。

「日下部、どう思う?」

すると彼は「……私の感想を聞くまでもないと思います」と、私を一瞥(いちべつ)する。

「日下部も似合ってるってさ」

そうは言ってない。どちらかと言えば、〝どうでもいい〟だろう。

朝比奈さんは、日下部さんがいるというのに恥ずかしげもなく私の額にキスをひとつ落とし、「行こう」と手を取った。

私が横目で盗み見た日下部さんは、ひどく冷たい目をしていた。

朝比奈さんにエスコートされ、控室を出る。

これからいよいよパーティーに足を踏み入れるのかと思うと、背筋が伸びる思いがした。

朝比奈さんの会社関係の人もたくさんいるだろう。なによりも気がかりなのは、朝比奈さんのおじいさま、コンラッド開発の会長がいるんじゃないかということだ。

この前の態度からして私が歓迎されていないのは明白だったから、私が朝比奈さんと一緒にいるのを見たら、どんな顔をされるのか……。嫌でも不安になる。

私が緊張していることが伝わったのか、朝比奈さんは「そんなに硬くならないで」と髪に軽くキスをした。

エレベーターで十五階まで上がり、会場の扉の前に立つ。

「みんなに汐里のことを紹介するから」

扉を開ける寸前に彼が言う。

「ちょっと待ってください。それってつまり……」

「僕のフィアンセですってね」

朝比奈さんがウインクする。

「その前にひとつ聞きたいことがあります」

ここ数日間、抱いていた疑惑を思いきって聞こう。ひとりでうじうじ悩んでいても時間の無駄。とにかく聞いてみなければ始まらない。

朝比奈さんが「なに？」と私に耳を近づける。

「本当に私のこと――」

聞き出そうとしたところで「長らくお待たせいたしました。ただ今より……」と、パーティー開始を知らせるアナウンスが流れた。

「もう始まるな。汐里、続きは中で話そう」

「……はい」

中は宴会場をいくつかつなげたような広さで、ドレスアップした人たちが思い思いに歓談している。中央のテーブルには幾人ものシェフが立ち、できたての料理をずらりと並べていた。

朝比奈さんのおじいさまも今日はここにいるのかな……。

ふとその顔を思い出して、嫌でも緊張が走る。ところが会場を見渡してみてもそれらしき姿は見つけられず、密かにホッと胸を撫で下ろした。

足を進めていくと、すぐに何人かが朝比奈さん目当てで周りに集まった。

同年代と思われる人もいれば、四十代以上に見える人もいる。たぶん、ほとんどがどこかの会社の取締役なんだろう。

私を抜きにした会話がしばらく続いた後、自然と私へみんなの視線が集まる。

「彼女は、藤沢汐里さんです」

朝比奈さんに紹介され、続いて自分でも名乗る。

「朝比奈社長がこういう場所に女性を連れてくるのは初めてじゃないですか?」

……うそ、私が初めて?

意図しないところで鼓動が弾む。これまでに何度となくパーティーはあっただろうが、きっとその都度女性連れだと思っていたからだ。

思わず彼の横顔を見ると、どことなく照れた様子に見えた。

「そろそろ身を固めようと思っているんです」

「ということは朝比奈さん、ご結婚されるの?」

質問した男性の隣にいた若い女性が尋ねる。

それに朝比奈さんは「はい」と迷いもせずに答えた。その言い方からは〝藤沢ゴルフ倶楽部が欲しい〟という裏事情はいっさい感じられなくて、日下部さんに言われたことが戯言(ざれごと)に思えてしまう。でもそれは、私がそうであってほしくないと願うからなのかもしれない。大きく胸に残るわだかまりは、消えたわけではなかった。

「汐里、疲れない? 少し休もうか」

「そうですね」

たくさんの人たちと会話を続けているうちに、すでに一時間が経っていた。

「それじゃ、あそこで座って待ってて。飲み物を調達してくるから」

朝比奈さんは壁際に並べられた椅子を指差し、私の手を一度ギュッと握ってから離れた。

椅子に座り、彼を遠巻きに眺める。

ピンと伸びた背筋、凛とした佇まい、スマートな仕草。どれをとっても、この会場にいる誰も彼には敵わないだろうと思えた。

そんなふうに思う私は、完全に朝比奈さんの虜(とりこ)になってしまったのかもしれない。

一方通行の想いが胸を切なくさせる。

そうして見つめていると、突然、私の視界を遮るように人が立ちふさがった。

ごく自然に目線を上げていった私は、顔に焦点が合ったところで胸を衝かれる思いがした。

「そなたがどうしてここに？」

慌てて立ち上がり背筋を伸ばす。朝比奈さんのおじいさまだ。

不快そうに感じるのは、私の思い込みだけではないはず。うぐいす色の羽織袴が、威厳たっぷりに見える。

「あ、あの……」

おじいさまの醸し出す空気に圧倒されて、言葉が出てこない。

「一成はどこへ行った！」

そう尋ねられて私が視線を横へずらすと、おじいさまはそちらを振り返った。

名前を呼ばれてこちらを向いた朝比奈さんは、グラスをふたつ持ったまま早足で戻ってきた。

「会長、今日こちらへは来られないと聞いていましたが……？」

「急きょ、予定変更じゃ。なぜ藤沢の娘を連れてきた」

おじいさまは私を不快そうな目つきでざっと見てから淡々と言った。

「私の婚約者だからです。先ほどみなさんにも紹介しました」

「勝手なことをしおって。わしはなにひとつ認めておらん！」

毅然とした態度の朝比奈さんを跳ねつける勢いだった。

あまりの剣幕に私の身体がすくむ。受け止めきれない怒りをおじいさまから感じて膝が震えだした。

おじいさまの声は会場内に響き渡り、瞬間的にしんと静まり返る。何事かと囁き合う人たちの目は好奇に満ちていた。

「そんな格好までして図々しい娘じゃ」

おじいさまは会場の様子など気にも留めず、顔をしかめて苦々しく口走った。

その言葉が、私の胸に深く突き刺さる。

そもそも朝比奈さんは、私のことを好きで結婚を申し入れたわけじゃない。藤沢ゴルフ倶楽部が欲しかったから……私は単なるゴルフ場のおまけだ。

息苦しさが押し寄せ、胸が詰まる。

「会長、今の言葉は撤回してください」

低く迫力のある声が朝比奈さんの口から漏れる。怒ってくれていることはわかった。けれどコンラッド開発の会長であるおじいさまはきっと、朝比奈さんですら敵わない存在。彼がおじいさまに歯向かうとは思えない。

ゴルフ場を手に入れようとしていたのは、おじいさまを喜ばせるため。

そのおじいさまが「いらない」と言えば必要なくなり、私も用済みに。

気持ちが伴っていなかったのだから、当然そうなるだろう。

——ここにいてはいけない。

私は棒立ち状態だった腰を折って一礼し、背を向けた。周りの視線が集まる中、もつれそうになった足に『しっかりして』と心の中で指令を下し、歩きだす。

「汐里！」

「一成！　追う必要はない！」

背中に掛けられた朝比奈さんの声をおじいさまがかき消す。振り向くと、彼は騒ぎを聞きつけた日下部さんに止められていた。

平静を装って速度を保って歩いていたものの、会場から一秒でも早く出てしまいたかった。ようやく扉を開け華やかな場から抜け出すと、衝動的に駆けだす。

静かなホテルにヒールの音が響いた。

ゆっくりと上がってきたエレベーターに乗り込む間際、一瞬だけ後ろに視線を投げかけた。日下部さんを振り切って、朝比奈さんが追いかけてくるかもしれないという浅はかな期待をした自分が、なんだかとても憐れだった。

そんな姿は、どこにも見えない。

「汐里？」

ふと声をかけられ、顔を上げる。浩輔くんだった。

「浩輔くん……。こんなところでどうしたの？」

「それはこっちのセリフだよ。……あ、もしかしてコンラッドの社長と来てた？」

浩輔くんはポケットに片手を突っ込み考えるような素振りをした後、ひらめいたかのように目を開け広げる。

「うん……」

私は力なく答え、軽くうなずいた。

そうか。浩輔くんもホテルアーロンの次期社長として、あのパーティーに招待されているのだろう。

「どうした？　帰るの？」

入れ違いでエレベーターに乗り込むと、浩輔くんは閉まりかけた扉を手で押さえた。

「……なにかあったのか？　顔色悪いぞ」

「ううん、なにもないよ」

顔を覗き込む彼に首を横に振り、無理やり笑顔を作る。

「――おい、なんで泣いてるんだよ」

「え……？」

言われて頬に触れた指先が生暖かい。本当に濡れていた。

自分で気づかないうちに泣くなんて……。

エレベーターを降りた浩輔くんが、再び乗り込む。

「浩輔くん……、どうしたの？」

「どうしたもこうしたもない。泣いてる汐里を放っておけないよ」

「泣いてないってば。あくびしただけ」

「はいはい」

浩輔くんは私の苦しい言い訳を軽く受け流しながら、私の肩を引き寄せた。

反射的に彼を手で押し返したが、私の力が弱かったのか浩輔くんはピクリとも動かない。

「ダーメ。離さない。気の強い汐里が泣くなんて、よっぽどのことだから」

「ちょっと浩輔くん！　泣いてないって言ってるでしょ！」

浩輔くんの腕の中でじたばたもがく。彼はそんな私を軽くあしらいつつ、エレベーターの閉ボタンを押した。

「少し大人しくしてくれないかな。じゃないと、キスするよ」

――キ、キス⁉

浩輔くんの爆弾発言を聞いて、ピタリと動きを止める。彼は無邪気な顔をして笑っていた。さすがにキスをされては困る。自分の意志とは裏腹に、浩輔くんに抱き寄せられる格好になった。

「気の強い汐里でも泣くほど辛いことがあったのか」

あやされるように背中をトントンとされ、強く保っていた気持ちが大きく揺らいでいく。

エレベーターで階下へ着くと、やや強引に駐車場にある彼の車の前まで連れていかれた。

「送るよ」

「大丈夫、私、自分で電車に乗って帰るから！」

「いいから送るって。その格好で街中歩いていたらかなり目立つよ？」

確かにその通りだった。そうかといって、着替えを取りにもう一度ホテルに戻る勇気もない。「泣いている女の子に手を出すことはしないから」と浩輔くんに言われ、ここは好意に甘えることにした。

「朝比奈一成とケンカでもした？」

左側のウインカーを点滅させて道路を確認しながら、浩輔くんが尋ねる。

「……してない」

答えながら首を横に振る。

単なるケンカだったら、どれほどよかったか。

「それじゃ、どうしてひとりで会場から飛び出してきたの？」

いつになく優しい声色だった。

「それは……ちょっと体調が悪くなったから」

「具合の悪い汐里をひとりで帰すなんて、朝比奈一成はずいぶんと非情な男だな」

「——違うの。彼はそんな人じゃない」

つい大きな声になる。具合が悪いなんてうそだと言っているようなものだ。

浩輔くんの視線が、運転しながらチラッと私に投げかけられる。すぐに前を向いた彼の目は、なにかを確信したかのように細められた。

「ほらね？　汐里はやっぱり俺と結婚する運命なんだよ」

「勝手に決めないで」

拒否する態度を表すべく、窓の外へぷいと顔を向ける。

「あそこはまだ会長の威光が強いみたいだし、逆らうのはなかなか大変だと思うよ」

「……そんなことまで知ってたの」

「驚いた？」

浩輔くんが微かに笑う。

「汐里を狙う身としては、いろいろ調べずにはいられないよ。コンラッドのことは汐里よりも詳しいと思うな」

得意気にそう言った浩輔くんが、「なんだよ、あの車」とにわかに不快そうな声を漏らす。

「どうかしたの？」

「あ、いや、後ろの車が追いかけてきているような感じでさ。なんなんだ？」

振り返った私の目を光が射す。煌々と照らすライトの眩しさに目を細めてしまい、どんな車なのかはっきり見えなかった。

赤信号で車が止まってからも、後ろからは変わらずライトが私たちを照らし続けている。

「あの車、もしかして……」

バックミラーを見た浩輔くんがそう呟いたときだった。突然、両手を広げた男性が目の前の横断歩道の上に現れる。

——え、なに？

浩輔くんの車のライトに照らし出された顔に目を凝らす。

うそ、朝比奈さん!?

「どうして……」

彼の突然の登場に言葉を失くす。浩輔くんからは大きなため息が聞こえた。朝比奈さんが助手席に回り込んで窓をノックする。

「汐里、降りて」

朝比奈さんに真っすぐ見つめられ戸惑った。

「どうする？　汐里」

浩輔くんから聞かれ、ふたりの視線の狭間で揺れ動く。

「降りたくなければ、信号が青になったらこのまま発進するけど」

ふたりの瞳が私を急かす。

朝比奈さんがおじいさまを振り切って私を追って来てくれたことが嬉しい反面、もしかしたらそれはゴルフ倶楽部が欲しかったという告白をするためかもしれないと、不安が押し寄せる。今すぐこの場から逃げ出してしまいたかった。

でも、本当の答えを朝比奈さんから聞かないことには、自分の気持ちにおさまりがつかない。

「……話をつけてくる」

「オッケー」

浩輔くんはあっさり了承すると、車を路肩に止めてドアロックを解除してくれた。待っていましたとばかりに、焦ったようにドアが開けられる。

「おいで」

朝比奈さんに手を取られて助手席から降り立った。ドアのヘリに手をかけ、朝比奈さんが車の中を覗き込む。

「西野さん、汐里を渡す気はありませんので」

朝比奈さんはきっぱりとした強い口調だった。

「渡す気がなくても、渡さざるを得ないって場合もありますよね」

挑発するように浩輔くんが言うと、朝比奈さんは反論できずに黙り込んだ。ギュッと握り締めた彼の拳が震えている。

私を渡す気はないというはっきりとした意思表示を聞いて一瞬浮かれたが、朝比奈さんが渡したくないのは藤沢ゴルフ倶楽部だと思い直す。

ふたりは無言のまましばらく睨み合った後、朝比奈さんによってドアが閉められた。

「行くよ、汐里」

私の腰に回された彼の手に力が込められる。どことなく機嫌の悪い空気が彼から伝わってきた。

すぐ後ろに停車していた朝比奈さんの車の助手席に乗せられると、車が発進する。

「会長が失礼なことを言って悪かった」

彼の横顔が暗く翳った。

「いえ……。パーティーは大丈夫だったんですか？」

「……落ち着いて話せる場所に行ってからにしよう」

それだけ言うと、朝比奈さんは黙り込んでしまった。

どこまで行くつもりなのか、朝比奈さんはただひたすらハンドルを握り続ける。気づいたときには高速道路を走っていた。

訪れた夜の中、オレンジ色の街灯が次から次へと通り過ぎていく。

行き先を聞けるような雰囲気ではなくて、私はただ黙って乗っているしかなかった。

しばらくすると、以前訪れたことのある景色の中を走っていた。人工的な光が一気に減り、目に見える範囲に山々の黒い影が見える。

ここは……。

「この前、連れてきてくれた乗馬クラブですか?」

沈黙を破り、私は思わず聞いてしまった。

「その近くにあるうちの別荘」

そういえば以前、家族三人でよく来ていたと話してくれたことを思い出した。

ほどなくして車は、丸太をそのままの状態で組み込んだような大きなログハウス風の建物の前で止まった。車のライトが消されると、一気に辺りが暗闇に包まれる。

街灯が少ないせいではっきりとは見えないけれど、かなり大きな別荘のようだ。

運転席から回り込んだ朝比奈さんが、助手席のドアを開けた。

「降りて」

膝の上に置いていた手を彼が取り、引き上げられるようにして車から降り立つ。

朝比奈さんは無言で私の手を引いたままドアを開錠し中へと入った。

人感センサーなのか、フットライトがぼんやりと灯る。

ヒールを脱ぐと同時に、振り返った彼に抱きすくめられた。

そうされる喜びを疑念が邪魔する。欲しいのは私じゃなく、父の会社なのに。

おじいさまに認めてもらうために欲しいのなら、おじいさまが必要ないと言えば、それで私たちはおしまい。

身体をよじって、彼から逃れようとした。

「……朝比奈さん、やめてください」

腕を突っ張って朝比奈さんの胸を押す。

「どうして！」

眉根を寄せた朝比奈さんが声を荒らげた。

「こんなこと、もう、やめたほうがいいです」

「こんなことってなに？」

私の肩を掴み、朝比奈さんが鋭く見下ろす。

その目に怯みそうになりながら、私はなんとか意志を貫こうと必死だった。

「日下部さんから聞きました」

「……なにを？」

朝比奈さんの目が当惑したように揺れる。

「欲しいのは私ではなく、藤沢ゴルフ倶楽部だと。私はおまけみたいなものだって。ひと目惚れというのは、うそだったんですね」

冷静に考えれば、私にひと目惚れなんてありっこないのに。

しかも、喫茶店で男性の手を捻り上げて説教する場面を見た後のことだった。普通の人なら、遠慮したいタイプの女性だろう。朝比奈さんの紳士的な猛プッシュに惑わされ、平静さを欠いてしまった。

日下部さんにその話を聞いたときに、朝比奈さんのことは諦めるべきだったのだ。

「今ならまだ――」

「引き返せるとまた言うつもりか。汐里は身を引けると」

朝比奈さんが私の肩を揺らす。

「……はい」

唇が震える。

自分の気持ちにうそを吐くことが、こんなにも辛いことだとは思わなかった。

朝比奈さんの側にいられるのなら、ゴルフ場のおまけでもいい。朝比奈さんが私にくれた言葉が全部うそだとしてもいい。正直そう思い始めていた。

けれどパーティーで確信してしまった。

あのおじいさまが、私との結婚を認めてくれるとはとうてい思えない。もうすべてが終わりなんだ。

「……西野浩輔か」

朝比奈さんがポツリと呟く。

「え？」

「西野浩輔のほうがいいってことか」

「ち、違います！」

予想もしないことを問いただされ、必死になって否定する。

「それじゃ、どうしてあいつの車に乗ってた？　どこへ行こうとしてたんだ？」

朝比奈さんに強く掴まれた肩が痛い。

「家まで送ってもらうだけのつもりで……」

パーティーの格好では帰りにくいと、あまり深く考えずに浩輔くんの車に乗ってしまった。

「汐里とあいつがエレベーターの中で抱き合っているのを見たとき、俺がどんな気持ちだったかわかるか？」

「……っ」

朝比奈さんの顔が苦しそうに歪む。

追いかけてきた様子はなかったのに、見られていたの？　でも、どうしてそんなことを言うの？　朝比奈さんが傷つく理由はどこにもない。

「ダメなんだ。汐里のこととなると感情がコントロールできない」

朝比奈さんの右手が私の頬に触れた。

切なくなるような眼差しが、私の胸を苦しくさせる。身動きがとれず、まばたきすることもできない。

止めていた息を吸おうとしたときだった。朝比奈さんの唇が、私の唇を塞ぐ。

歯列を割りすぐに侵入してきた舌が口内で暴れ、息を吸い損ねた私は酸素を求めて喘いだ。

いつもとは違う荒っぽいキスが私から理性を飛ばしてしまいそうになる。激しく鼓動が高ぶり、頭が真っ白になった。

しばらくすると不意に唇が解放され、私の両頬に手を添えた朝比奈さんが至近距離で見つめる。

「汐里はおまけなんかじゃない」

朝比奈さんが吐息で囁く。

聞き間違いかと思った。今まで私の耳に入ってきたことが、日下部さんの言っていることを裏付けているように思えてならなかったから。

「……藤沢ゴルフ倶楽部が欲しかったのは事実だ。……それが目的で汐里に近づいたのも」

……やっぱり。

胸にチクンと痛みが走る。

「ただそれは最初のきっかけにすぎない。自分よりも相手を思いやる汐里の優しさや苦しくても弱音を吐かない健気なところに、気づいたときにはどうしようもなく惹かれてた。……汐里に夢中なんだ」

「……本当、ですか？」

彼の熱い眼差しはうそを言っているように思えなかった。それでも聞かずにはいられない。

「本当だ」

きっぱりと答えてくれた朝比奈さんの言葉が嬉しくて胸が震える。

朝比奈さんが店に忘れた手帳を届けたときのこと。落馬したときに颯爽と助けにきてくれたときのこと。一緒に映画を観た夜のこと。

いろんなことが鮮明に蘇る。

「汐里がまだ引き返せるって言うなら、そんなことが言えなくなるようにするまでだ」

「ひゃっ」

朝比奈さんは私の膝の裏に手を当て、突然抱き上げた。

驚いて両手を胸の前で軽く握る。

朝比奈さんは暗がりの中、私を抱いたまま別荘の奥へと突き進んでいく。いくつか並んでいるドアのひとつを開けて中に入ると、大きなベッドに私を横たえた。

男性経験のない私にも、この状況がどういうことなのかはわかる。

心臓が今にも飛び出してしまうんじゃないかと思うくらいに暴れだした。

彼が私に覆い被さる。朝比奈さんは片方の肘を突き、もう片方の手で愛おしそうに私の髪をすく。

「引き返せる？　引き返せない？」

頬が急激に熱を持った。朝比奈さんから目を逸らす。

「どっち？」

彼が急かすように聞き、私の顎に手を添えて無理に目を合わせた。

考えていることを洗いざらい白状する勇気は、今の私にない。本当は、とっくの昔に引き返せる地点になんかいない。でも朝比奈さんと今、〝この先を見たい〟なんて恥ずかしすぎて言いだせない。

「汐里は西野浩輔のことが好きなのか？」

驚いて首を激しく横に振る。私の反応に、朝比奈さんは目を細めて笑みを浮かべた。

「それじゃ、俺のことは？」

答えにくい質問をされて、言葉に窮（きゅう）する。

唇をぐっと噛み締めていると、胸の奥から彼への想いが一気に溢れてきた。今にもこぼれてしまいそうなほどに、熱い想いが込み上げる。

こんなにも大きくなってしまった気持ちをどうしたらいいのかわからない。

次第に目頭が熱くなり、鼻の奥がツンとしてくる。行き場のなくなった〝好きの塊〟が、出口を探して彷徨（さまよ）っているようだ。

不意に目尻から温かい涙が伝うのを感じた。

「――どうして泣くんだ。そんなに俺のことが嫌いなのか」

困ったようにうろたえる朝比奈さんに、首を横に振って否定する。

「ちがっ……違います……」

「それじゃどうして」

「……好きすぎて……」

絞り出した声は涙声だった。

「……え？」

朝比奈さんが目を丸くする。もう白状するしかなかった。

「朝比奈さんのことが……好きすぎて苦しいんです……」

想いを吐き出したのに、まだ胸が張りつめている。

「汐里……」

彼は虚を突かれたような表情をした後、頬を緩めた。涙の痕を指で拭い、朝比奈さんはそこにキスをした。

彼の唇は額へ移動し、そこから鼻先を伝って唇へ到達する。軽く音を立てて離れると、吐息を感じる距離で朝比奈さんが「汐里」と囁いた。

「我慢の限界だ。……汐里が欲しい」

熱を帯びた視線に、私が抗（あらが）えるはずもない。私自身も望んでいたことなのだから。

私も朝比奈さんと——。

言葉で伝えられなくて、彼の背中に手を回した。

「……でも私、実は初めてで……」

目を逸らし、恥ずかしさを押し殺して告白する。

「情けないですよね、二十八歳にもなって」

ふと、彼の腕が背中に差し込まれ、そのまま抱きしめられた。

朝比奈さんの重みが、なぜか私を安心させる。

「嬉しいよ」

耳元で彼が囁いた。

「……嬉しい?」

意外な言葉に驚く。

「汐里のファーストキスの相手があいつだって聞いて、無性に腹が立った。汐里の初めてと最後は、どんなことでも全部俺が奪いたい」

朝比奈さんの甘い声が耳の奥深くで反響する。

独占欲の強さを見せつけられて嬉しく思うのは、きっとそれが朝比奈さんだから。

胸が打ち震える。

「朝比奈さん……奪ってください」

私がそんなことを言うなんて。こんな私を本気で思ってくれる人が現れるなんて。

朝比奈さんの腕の力が弱められ、今にも触れそうな距離で私を見つめた。

かすかに揺れる瞳を見ているだけで、呼吸することも忘れそうになる。

「会長のことは心配いらない。俺が必ず説得してみせるから。藤沢ゴルフ倶楽部買収の条件も検討し直す。だから汐里は、西野浩輔にこれ以上関わらないでほしい」

「……はい」

朝比奈さんの腕の中でうなずいた。

「汐里……」

背中に回された朝比奈さんの手が、ワンピースのファスナーをゆっくり下ろしていく。一気に緊張に包まれ、思わず朝比奈さんのシャツをギュッと握った。

「怖がらなくて大丈夫だ」

朝比奈さんが優しく微笑む。

それに微笑み返す余裕はない。ぎこちなく目を逸らしてから瞼を伏せると、彼の唇が私の唇にそっと触れた。

労りを込めたような優しいキスを繰り返されるうちに、身体の強張りが解けていく。

彼の背中に手を回し直すと、それを待っていたかのように口づけが深くなった。

夢中になってそれに応えているうちに、一糸まとわぬ姿になっていた。キスをしながら、彼が器用に脱がせてしまったのか。そのことにも気づかないほど没頭していたのかと、頬が熱を持つ。

朝比奈さんは私にまたがり両膝を突いた状態で、ワイシャツを脱ぎ始めた。

自分のあられもない姿が恥ずかしくて、つい手で隠して顔を背ける。

期待と不安で、心臓が今にも限界を迎えてしまいそう……。

すべてを脱ぎ去った朝比奈さんは、ゆっくりと私に倒れ込み首筋に唇を這わせた。


身体がとても重かった。

自分がまるでベッドの一部にでもなってしまったかのような感覚だ。下腹部に鈍い痛みを感じる。

その反面、心が満たされて途方もない幸福感に包まれる。

朝比奈さんに背後から抱きしめられ、彼の逞しい胸板を背中に感じて、再び鼓動が高鳴った。

「汐里、大丈夫?」

果てた後からずっと口も利けない私を心配したのか、朝比奈さんが耳元に口を近づけ囁く。少しかすれた声が妙にセクシーで、それがきっかけとなってさっきのことが蘇る。

「……はい」

そう返すだけで精一杯だった。私の髪に朝比奈さんがキスをする。

「俺は汐里を手離さないから」

「……私も離れません」

私を抱きしめる腕に力が込められるのを感じた。

「会長は絶対に俺が説得してみせる。だから、汐里も俺を信じて」

「はい……」

朝比奈さんがそう言ってくれるのなら、もう私に怖いものはない。私も彼を抱きしめ返した。

「これは藤沢社長に聞いたことなんだが……、藤沢専務はどうやら、社長がうちとの話を勝手に進めたことが気に食わなかったみたいだ」

「……え？　そんなことで？」

朝比奈さんがうなずく。

「藤沢ゴルフ倶楽部内の派閥争いの兼ね合いもあって、いったんは承諾したものの、それを覆して猛烈に反対しているらしい」

会社を興してからの父は、ずっと堅実経営でやってきた。バブル崩壊の影響は免れたものの右肩下がり。十五年ほど前におじさま一派が経営再建に乗り出した頃から、父とぶつかることも多くなってきたと、黒木さんから聞いたことがある。

もともと頭が切れてやり手の孝志おじさまは、のんびり屋で大らかな父よりも社長職に向いていると日頃から自負していた。

内部的な事情は詳しくは知らないけれど、父と孝志おじさまのやり取りを見ていると、立場が逆転しているように見えることが多い。理詰めで話をどんどん進めるおじさまに、父はたじたじといったような場面を何度も見たことがある。

今回の件に関しては、会社の将来を左右すること。それを父の一存で決められて、腹に据えかねたといったところか。

でも、おじさまの気持ちもわからなくはない。そういった最重要事項は、社内の上層部の意見聴取が必要だろうから。父が勇み足だったのは、組織を知らない私でも多少なりとも理解できる。

「大丈夫だよ。ホテルアーロンには負けないから、汐里は心配するな。そして汐里とも結婚する。いいね？」

彼の力強い誓いの言葉が私を奮い立たせる。

朝比奈さんが本気で立ち向かうのなら、私だってもう怯んだりしない。絶対に朝比奈さんとの未来を掴むんだ。

朝比奈さんは私に軽いキスをして、「シャワールームに案内するよ」と立ち上がった。羽織るものがなにもなくあたふたしている私に、彼は自分が着ていたシャツをかけてくれた。

「そうだ、その前に汐里にひとつお願いがある」

思い出したかのように振り返り、朝比奈さんは人差し指を立てた。

「たった今から、俺のことは〝一成〟と呼ぶこと」

「突然どうしたんですか？」

「ずっと腹立たしかったんだ。西野のことは名前で呼ぶくせに、なんで俺は名字なんだって」

思わずクスッと笑ってしまった。

「——なんだよ」

朝比奈さんの眉間にシワが寄る。

「なんだかかわいいと思って」

「か、かわいい⁉」

なにかにつけて浩輔くんをライバル視する様子が微笑ましい。

それは朝比奈さんと一線を越えたことが、私に自信をつけさせたからなのかもしれない。でも、拗ねたように言う彼のことが、本当に愛おしくてたまらない。

「汐里、撤回しろ。男がかわいいなんてシャレにならないだろ」

「きゃっ!」

朝比奈さんは再びベッドに上がり、私を押し倒した。

「そんなことを言うやつには、こうしてやる」

「やめてくだ——」

あっけなく唇が塞がれた。激しいキスの応酬に息継ぎがままならない。

それでもこうしていることの嬉しさに包まれて、幸せが溢れてくる。

「一成さん」

唇が束の間離れた隙に私がそう呼ぶと、彼が嬉しそうに目を細める。

「それでいい」

最後に私の額にキスを落とし、ギュッと抱きしめた。

## 絶対的権力を前に沈没寸前

とは言えない。
涙目になりながら首を横に振る。さすがに、一成さんと遅くまで一緒にいたせいだ
何度もあくびを噛み殺しているのをゆかりちゃんに感づかれてしまった。
「汐里さん、寝不足ですか？」

そんな私を見て、彼女がピンと人差し指を立てる。

「あ、わかった。また『E・T』でも観ていたんですね？」

「……あーうん、まぁそんなところ、かな」

目を泳がせてしまった。

「今の間はなんですか？」

「べ、べつになんでもないよ」

ちょうどそのとき、彼女の追及から逃れられる鐘の音が店内に鳴り響いた。

「いらっしゃいま——」

軽やかなステップを踏み出した足をそこで止める。最後の一文字は、歯の裏から息

として漏れた。

ものすごい威圧感がドアから突進してきたので、私はその場で棒立ちしたまま動けなくなった。

「いらっしゃいませ。おひとり様ですか？」

どうしたのかと不思議そうに私を見てから、ゆかりちゃんがすかさず出迎える。

「わしがふたりに見えるのだとしたら、そなたは直ちに眼科へ行ったほうがよろしい」

「……はい？」

しわがれた声で淡々と言われたゆかりちゃんもまた、私同様に固まってしまった。

店の入口に立っていたのはコンラッド開発の会長、一成さんのおじいさまだったのだ。小柄なのに存在感はこの場の誰よりも大きい。

私が動かないわけにはいかないと、フロアに貼りついていた足を無理に剥がし彼の前へと立った。

「いらっしゃいませ。こちらへどうぞ」

引きつる頬になんとか笑顔を浮かべ、ひとつだけ空いているテーブル席へ案内する。

水を取りに私が戻ると、ゆかりちゃんは「なんですか、あのおじいさん」と声をひそめながらも憤慨する。

トレーに水を載せ、彼の元へと急いだ。待たせるようなことをしたら、今度は「のろまな足を医者に診てもらいなさい」とでも言われそうだ。

怯えているのをひた隠しにして、顔に笑みを浮かべる。

「ご注文をお伺いしてもよろしいでしょうか」

ところがおじいさまは、メニューを広げようともしない。深く腰をかけて腕を組み、眉毛は阿修羅(あしゅら)のごとく吊り上がっていた。

私を見上げる目に震え上がりそうになる。そこをぐっとこらえ、意識して口角を上げた。

「なにも注文するつもりはない。そなたは、わしがなにをしにここへ来たのかわかっておらんのか」

笑顔が凍りつく。

わからないはずがない。おじいさまにしてみたら、昨日のパーティー会場から私が一成さんを連れ去ったも同然だろう。

「わしは藤沢ゴルフ倶楽部などいらん。結婚を認めるつもりもない。そなたには潔く身を引いてもらいたい」

鋭い視線で射抜かれて、笑ったままではいられなくなった。恐怖からなのか、それとも対抗意識からなのか、唇が震える。なにも言い返せない自分がもどかしい。

「言いたいことはそれだけじゃ」

「ちょっとお待ちください！」

椅子から一歩踏み出した彼を呼び止める。おじいさまと私だけどこか別世界にいるような錯覚に陥っていたから、ここが木陰だということを忘れて店内に響き渡る大きな声を出してしまった。でも、そんなことにかまってはいられない。

「申し訳ありませんが、身を引く気はありません」

戦いを挑むようにではは決してなく、顎を引き努めて穏やかに宣言した。

おじいさまの眉がピクリと動く。歯向かうようなことを言われるとは、思いもしなかったのかもしれない。

「一成さんのことを誰よりも愛していますから」

恥ずかしげもなく言ってしまい、ついうろたえる。考えるより先に唇が動いた感覚だった。

おじいさまの目が揺れたのは、どういう思いからだろう。少しは私の気持ちが届いたのか、それとも、はっきり拒絶されても理解のできない知能の低い女だという憐れみからか。

おじいさまはいったん目線を下げてから、もう一度私を見た。下げたほんの一瞬の間に、さっきまでの厳しい目に塗り替わる。

今度はなにを言われるのかと身構えたが、彼は眉間にシワを刻んだまま息を大きく吐き出しただけだった。

なにも言わず私に背を向けたおじいさまに、もう一度「一成さんとは別れません」と告げる。強い意志を見せつけた。

ところがおじいさまはそれにも反応せず、そのまま店から出ていった。

姿が見えなくなると同時に、強張っていた全身から力が抜けていく。その場に座り込みたい気分だった。

一成さんのおじいさまに意見した恐ろしさが、今になって襲ってくる。

余計に疎ましく思われてしまったかもしれない。

反論せずに黙っていればよかったんじゃないか……。そう考えると、心細さに膝が震えた。

「汐里さん、大丈夫ですか?」

ずっと様子を見守っていたゆかりちゃんが、すかさず駆け寄る。お客さんからもチラチラと視線を投げかけられた。

「今の人、もしかして例の御曹司の関係者ですか？」

「……うん、彼のおじいさま」

「うわっ、なんだか手強そう。あれ？　でも結婚は、家同士で決まってることなんじゃなかったんでしたっけ？」

ゆかりちゃんは、どうして彼のおじいさまが反対するのかと不思議なのだろう。

「ちょっといろいろあって……」

この場で説明するには込み入りすぎている。

口を濁していると、田辺さんから「ホットサンドできてるよ」と声が掛かった。そこで気持ちを入れ替える。

「また後でね」

ゆかりちゃんに耳打ちして、厨房から顔を覗かせている田辺さんの元へと急いだ。

「汐里様、お客様がお見えになっているのですが……」

多恵さんが不安そうな顔で私の部屋のドアから顔を覗かせたのは、その一週間後のことだった。

「なんでも、朝比奈様の秘書の方だそうで……」

「日下部さん？」

「はい、そうおっしゃっていました。大丈夫でございますか？　なんだかとても厳しそうなお方で、この辺に黒ペンで〝川〟と書いたような険しいお顔をされていましたものですから」

そう言いながら眉間を指差して、多恵さんが彼の顔を真似るようにするから、思わず噴き出してしまった。

気難しそうな顔をしていることの多そうな日下部さんだけに、多恵さんには刺激が強すぎたようだ。

怯えるようにしていた多恵さんが、「笑いごとではございません」と声を震わせる。

「ごめんね」

でも日下部さんがうちまで来るなんて、いったいなんの用事なんだろう。朝比奈さんと別れるよう苦言を呈しに来たのかな……。

落ち着かない気持ちで待たせている玄関へと急いだ。私の後ろには、多恵さんが恐々と控えている。今日はほうきを握り締めていないだけマシかもしれない。浩輔くんを追い払ったときのことを思い出してしまった。

玄関へ着くと、日下部さんは直立不動で真っすぐ一点を見つめていた。

「お待たせしてすみません。あの――」

「こちらをお持ちしました」

尋ねるより早く日下部さんが答える。

突き出すようにした手には、紙袋が握られていた。

なんだろうかと首を傾げながら、ひとまず手を出す。

「朝比奈から仰せつかって参りました。パーティーの日にお忘れになったものです」

「――あーっ！」

紙袋から覗いたものを見て、すぐに思い出した。私が着ていた洋服だ。

一成さんからプレゼントされたワンピースに着替えて、控室にそのまま忘れてきてしまっていた。

「すみません！」

ワンピースで帰ってきておいて、脱いだ洋服の存在を忘れるなんて恥ずかしいにもほどがある。

「会長に大胆な発言をなさったそうですね」

「……はい？」

聞き返した直後に、それがなんであるか察する。一成さんとは別れないと、私が言い切ったことだ。

「あれは……」

「会長は、まったく話にならないと憂いておりました」

返答に詰まってしまった。

私の宣言におじいさまが黙ったままだったのは、話の通じない私への無言の圧力だったみたいだ。

「あの会長によく言い返せたものだと感心してしまいましたよ」

日下部さんは真顔を少し崩したが、褒め言葉なのか嫌味なのかはいまいち読み取れない。

「……おじいさまに木陰のことを話したのは、日下部さんですか？」

「はい。あなたにお会いしたいとのことだったので、手っ取り早く会える場所をお教えしました。あなたをわざわざお呼び立てすることでもないですし」

呼び出されるのも怖いけれど、店への急襲もかなりのインパクトがあった。

一成さんとのことがなければ、できるかぎり関わりたくないような相手だ。とはいえ、一成さんとの結婚を考えるのならば、避けられない道だとも言える。

「では、私はこれで失礼します」

「ちょっと待ってください。一成さんは？」

下げた頭をゆっくりと上げ、日下部さんが私を見て薄笑いを浮かべる。

「社長の朝比奈は、藤沢社長とおふたりで藤沢専務のところへ伺っております」

父と一緒に孝志おじさまのところへ？　確かに父もまだ帰ってきていない。ふたりが一緒におじさまのところだとすれば、ホテルアーロン絡みのこと以外にない。

「心配で仕方がないという顔ですね」

「そんなことはありません。彼を信じていますから」

ふたりの未来が懸かっているのだから、心配じゃないといったらうそになる。でも、私が弱気になるわけにはいかない。なんとかすると言ってくれた一成さんを信じ続けなくては。

玄関のドアを閉めると同時に、多恵さんが私の後ろで長く息を吐く気配がした。

「汐里様は勇猛果敢でございますね」

「なにそれ」

それじゃまるで、私が猛獣とやり合ったみたいだ。

人を怯ませるという点では日下部さんも猛獣と同等かもしれないけれど、彼は口よりも目のほうが凶器だ。

噛みつくのではなく、突き刺すというほうが表現は適当かもしれない。

紙袋を持って部屋に戻り、多恵さんに事情を話すと、ついさっきまで日下部さんに恐れおののいていた彼女がクスクス笑う。

「それにしても汐里様ときたらワンピースにお着替えになったとはいえ、お脱ぎになった洋服をお忘れになっても気がつかないなんて。よほどお急ぎだったのか、朝比奈様に夢中になりすぎたのか」

「もう、からかわないでよ。ちょっと、いろいろあったの」

「はい。〝いろいろ〟でございますね」

多恵さんが含ませたように言うから、思い返して顔が熱くなった。

「ところで汐里様」

多恵さんが急に神妙な顔つきになる。

「実は家政婦協会のつてで伺った話がございまして、西野様ですが……」

「西野って、浩輔くんのことよね？」

もともと大きいほうとは言えない声を、多恵さんはさらに小さくした。よく聞き取れるようにと、テーブル脇に両膝を突いていた彼女の側に私もしゃがみ込む。

「西野様には、長らくお付き合いをされている女性がいたそうです」

「そうなの⁉」

ずいぶんと急に結婚話を持ち掛けてきたから、そんなことは考えもしなかった。

「ところがその女性は、家の都合でべつの男性との結婚が決まってしまったそうです」

「家の都合って……政略結婚ってこと？」

「さようでございます。旦那様となられる方も、その女性をたいそうお気に召したらしく、西野様の出番も虚しく半ば強引に結婚をお決めになったとか」

なるほど。それでちょっとわかった気がする。人懐こくて、いつもニコニコして憎めなかった浩輔くんが、ここまで強引に迫ってくる理由が。半分、自暴自棄になっているんじゃないか。浩輔くんは、人からなにかを奪うような人じゃない。

「汐里様？　大丈夫でございますか？」

考えを巡らせていた私の顔を多恵さんが下から覗き込む。

「うん、私は大丈夫」

大丈夫じゃないのは、浩輔くんのほうだ。やけになって進めた私との結婚までダメなのだから、彼が今後どうなるのか幼馴染として心配になる。

でも、浩輔くんとこれ以上関わらないことを一成さんと約束したからには、私が踏み込むべきではないだろう。

その夜、今にも眠りに落ちる寸前、ベッドでまどろんでいる私の耳に届いたのは、スマホの着信音だった。

瞼を閉じたままベッドサイドにあるキャビネットに手を伸ばす。手探りで取ったスマホの画面が、暗がりには眩しい。

薄く開いた目が捉えた文字は、私を一気に目覚めさせた。一成さんだったのだ。

急いで飛び起き、応答のボタンをタップする。

「汐里です」

《もう寝てた？》

「あと数秒もしたら眠っていました」

《ならギリギリセーフだな》

本音を言えば、もう少し早く声を聞きたかったけれど、きっとまだ帰ったばかりだろう。父もついさっき帰って来たところだった。

「今日、日下部さんが洋服を届けてくれました。すみません、置き忘れてしまって」

《元を正せば、悪いのはこっちだ。本当は俺が届けたかったんだが、大事な打ち合わせが続いていて》

私に会いたかったと言われたようで心が弾む。

「おじさま、どうでした？」
《そのこと、藤沢社長から？》
私が知っていることに驚いたようだった。
「いえ、日下部さんから聞きました」
《そうか。専務のことは、汐里は心配しなくていい。どうなるかはまだわからないが、うちも急ピッチで条件を見直したんだ。こちら側の意向は伝えてきたよ》
〝まだわからない〟という返答に、どうしても不安を感じてしまう。絶対的な〝イエス〟が欲しかった。
強硬な姿勢だったおじさまがあっさりと意見を覆すように思えないだけに、一成さんの答えは私の欲しいものとは違っていた。
いやだな、私。日下部さんに『彼を信じています』と言ったくせに。
《心配するなって》
私が押し黙っていると、一成さんは軽く笑い飛ばした。
《ところで先日は悪かった。会長がキミのところに行ったそうだね》
「あ、はい」
耳が早い。日下部さんから聞いたのかな。

《汐里の愛の告白、俺も聞きたかったよ》

「——愛の告白なんて！」

《違う？　おかしいな、それじゃ日下部は、虚偽の報告をしたってわけか》

返答に困っていると、電話の向こうからくくくという笑い声が聞こえてきた。多恵さんの次は、一成さんにからかわれてしまった。

《ありがとう、汐里》

「……え？」

お礼を言われるとは思いもせず、間を空けて聞き返す。

《会長にはっきりと言ってくれて嬉しいよ》

「はい……」

あのセリフを直接彼に聞かれたわけではないのに、耳がやけに熱い。顔じゅう真っ赤になっていることは、自分でもわかった。電話でよかったとつくづく思う。

一成さんの気持ちに反発していた過去があるから、あっさりとその手に陥落したことにちょっと悔しい思いもあるのだ。

《社内の調整もあるから、しばらくは会う時間を取れないかもしれない》

「そうですか……」

《寂しい?》

「いえ、大丈夫です」

一成さんがふたりのために動いてくれているのだ。会えないからといってワガママは言っていられない。

《俺は寂しいけどね》

「えっ……」

胸キュンという表現をよく聞くけれど、今まさに私の胸は〝キュン〟と音を立てたように感じる。

「本当は私も……」

正直に白状すると、朝比奈さんは電話の向こうで《素直でよろしい》と笑った。

寝る前に好きな人の声を聞くことが、こんなに幸せだとは知らなかった。胸の奥がぽかぽかしている。

もぐり込んだベッドの中で、私はすでに通話の切れたスマホを握り締めながら瞼を閉じた。

# 結婚を賭けた一大決戦

一成さんから《これからうちのオフィスに来られないか？》という連絡が入ったのは、その一週間後のことだった。父から《買収について重要な話がある》と連絡があったらしい。婚約にも関わってくるため、私も同席したほうがいいということだった。

通された部屋は、以前彼の忘れた手帳を届けに訪れたオフィスビルの三十階。グレーの絨毯が敷き詰められ、黒で統一されたデスクや応接セットがスタイリッシュな空間を作っていて、これぞ一流企業の社長室という感じがする。天井まで届く大きく開放的な窓からは高層ビル群が見え、圧巻の景色だ。

張りのある黒いレザーソファに緊張しつつ座っていると、一成さんが颯爽と入ってきた。

仕事中の彼を見るのは今日で二回目。スーツ姿は何度となく見てきたはずなのに、社長室という場所のせいか、何倍も素敵に見えてしまう。立ち居振る舞いも仕草も自信に満ちていて、まさに仕事のできる男という姿に胸が高鳴る。

「汐里、待たせたね。急に会社まで呼び出して悪かった」

私に笑顔を向けつつ、手にしていた書類をデスクへ置く。

「いえ。でも、買収に関する重要な話って……」

私をわざわざここへ呼び出すくらいなのだから、きっと結果報告に違いない。

藤沢ゴルフ倶楽部が選んだのはコンラッド開発なのか、ホテルアーロンなのか。その決断が下されたのだろう。

一成さんを信じているとはいえ、不安はどうしても大きかった。

「そんなに不安な顔をするな」

私の隣に腰を下ろした一成さんが、優しい眼差しで私の頬に触れる。

「きっと大丈夫だ。藤沢社長の声の様子からすると朗報だろう」

「本当ですか？」

「おそらくね」

パッと顔を輝かせた私に、一成さんはうなずいた。

彼の言葉は、いつだって私の心を簡単に軽くしてしまうから不思議だ。心に低く垂れこめた雲はたちどころに吹き飛ばされていく。

そのときドアがノックされ、ついさっき私をここへ案内してくれた秘書の女性が現れた。

「藤沢社長がお見えでございます」

「お通ししてください」

口元を引き締めて仕事モードに切り替えた一成さんが、美しい動作で立ち上がりドアへと向かうと、秘書に案内されて父が入ってきた。

「藤沢社長、ご足労いただきありがとうございます」

「いや、私のほうも突然ですまなかったね」

頭を下げた一成さんを父が手で制する。その視線が私へと向けられ、父は顔をほころばせた。

「汐里、早かったね」

「大慌てで準備してきたから」

父は「そうかそうか」と言いながら、私の前へ腰を下ろした。

「それで、買収についての重要な話とは？」

一成さんがさっそく口火を切る。

「結論から言おう。ようやく孝志から快諾の返事をもらったんだ」

おじいさまが快諾を！　ということはホテルアーロンとのことは白紙に！

父は大きく吸った息を吐き出すようにして言った。その顔には安堵と喜びが入り混じっている。

一成さんと顔を見合わせると、彼は「ほらね」という余裕の表情だった。

胸の奥から嬉しさが込み上げ、その場で小踊りしたい気持ちになる。

けれど、あれほど強固に反対していたおじさまが、これほどの短期間で気持ちを変えるなんて、いったいどんなやり取りがあったんだろう。

「お父さま、おじさまはどうして突然？」

「一成くんから、アーロンを遥かに上回る好条件を提示されたことが大きいだろう。コンラッド開発からの条件を前にして、孝志は目を剥いていたよ。一成くんには感謝してもしきれないくらいだ。本当にありがとう」

父がその場で深く頭を下げると、一成さんは慌てたように腰を浮かせた。

「頭をお上げください、藤沢社長！　藤沢社長には大変な心労をかけてしまい、申し訳ありませんでした」

「いやいや、とんでもない。一成くんがあそこまでの条件を提示してくれなかったら、孝志を納得させることはできなかっただろうから」

父によると、現在の従業員の雇用継続はもちろんのこと、借入金の個人保証や担保の解消もされるそうだ。創業者である父やおじさまの利益も、しっかりと確保されるらしい。

さらに、業務機能を本社に集約させることによるコスト削減や低価格なセルフ制の導入により収益性と集客力を高めるという中期計画は、おじさまを唸らせたそうだ。

「それから私は、藤沢ゴルフ倶楽部の代表権を孝志に譲ることにしたよ」

父が代表権を譲る……？

落ち着き払って言うような内容ではないだけに、すぐに理解できなくてフリーズしてしまった。

それはつまり父が社長の座から下りることだと遅ればせながら気づき、ソファから身を乗り出す。

「お父さま、本気なの⁉」

けれど、とんでもないことを言っているはずの父は、穏やかな表情をしていた。

「ああ」

父は腕を組み、背もたれに身体を預けた。

「藤沢ゴルフ倶楽部はコンラッド開発の傘下には入るが、会社としてなくなるわけじゃない。その代表の地位を孝志に譲ることにしたんだよ」

「だってお父さまは？」

「父さんは、名誉顧問として悠々自適に暮らしていこうと思ってる」

名誉顧問って……。これまで何十年も社長として頑張ってきたのに。

膝の上で拳を握り締める。

「汐里は一成くんという素敵な人と巡り会えたんだ。父さんが心配することはもうなにもない。だから汐里は、一成くんとの結婚だけを考えていればいいんだよ」

そう言って父は目尻にシワを寄せた。

父は、大きな覚悟を持って私の未来を守ってくれたのだ。途方もない愛を感じて胸が熱くなる。

一成さんを見ると、優しい眼差しを向けて私の手を握ってくれた。

父が社長とはいえ、これまでも経営の実権を握っていたのは孝志おじさまだった。

会社的には孝志おじさまが社長になってもなんら変わらないのかもしれない。

それでも自分が原因でこうなってしまったのかと思うと、素直に喜べない部分もあってつい気持ちが沈んでしまう。

「おい、汐里。ここは暗い顔をするところじゃないぞ」

父にすかさず突っ込まれた。

「父さんはな、これで肩の荷がやっと下りたとホッとしているんだから」

父が腕を上げて肩をぐるぐると回す。

「……本当に？」

「本当さ。神にだって誓うよ。もともと経営者の気質じゃないのは、汐里だって知っているだろう？」

そう聞かれて、さすがに「うん」とはうなずけない。

「とにかく、汐里は余計な心配をするな。コンラッド開発の社長である一成くんの目もあるし、孝志も好き勝手はできないだろう」

「藤沢ゴルフ倶楽部は、責任をもって支援していくつもりだよ」

誠意をもった一成さんの眼差しを感じる。頼もしい言葉に気分がもち直していった。

「でも、お父さまについていた人たちはどうなってしまうの？」

元を正せば、買収がうまく進まなかったのは兄弟間の派閥争いの混乱が原因だった。父が社長の座から下りてしまったら、父側にいた人たちの処遇が悪くなるのではないかと気がかりになる。

「それも心配いらないよ、汐里。一成くんがそういったことも条件の中に盛り込んでくれているからね。彼らの地位は確保されるし、今後も理不尽な人事がされるようなことはいっさいない」

「よかった……」

一成さんは、なにからなにまで完璧な状態で藤沢ゴルフ倶楽部を引き受けてくれるのだ。

「あとは、うちの会長だな」

せっかく上向きになりかけた気持ちは、おじいさまの顔が思い浮かんだことで再び深く沈み込む。人をひとり背負ったような重苦しさだ。

「近いうちに会う段取りをつけよう」

一成さんは明るい調子で言うけれど、私のほうは「……そうですね」とワントーン低いテンションになってしまった。

孝志おじさまもそうだけど、あのおじいさまも相当手強いから、一筋縄でいけるとは思えない。

「汐里、しっかりしなさい」

あんまり暗い顔になっていたせいか、父にたしなめられてしまった。

「いつもの元気はどうしたんだ。おてんばなのが汐里だろう?」

それはちょっとひどい。〝汐里はおてんば〟ならまだしも、〝おてんばは汐里〟では言いすぎじゃないか。

けれど父が私を奮い立たせようとして冗談めかして言ったのはよくわかる。それに、ここで踏ん張らなくてはならないのは、他でもなく私だ。尖りかけた唇を元へ戻す。

「一成さん、私、頑張ります」

顎を引き表情を引き締め、ついでに拳も握り締めたときだった。社長室のドアがノックされ、そこから再び秘書が顔を覗かせる。

「藤沢ゴルフ倶楽部の藤沢専務がお見えでございます」

えっ、孝志おじさまが⁉

驚いているところへ、おじさまが「いやあ、失礼するよ」と意気揚々と入って来た。

一成さんが素早く立ち上がり、おじさまにソファを勧める。

「藤沢専務、このたびの買収に関しましてはいろいろとありがとうございました」

「いや、朝比奈社長、こちらこそ返事を翻すようなことをして申し訳なかったよ」

おじさまは頭をかきながら腰を下ろした。

「汐里にも嫌な思いをさせてしまってすまなかった」

孝志おじさまが両手を膝に突き頭を下げるから、慌てて、「もう済んだことですから」と頭を上げてもらうように言った。

「コンラッドとの話を最初に聞いたときには、兄さんもなかなかやるなと思ったんだ。

ただ、会社には派閥というものが少なからず存在することは汐里もわかっているな?」

「……はい」

大きくなればなるほど、それはどうしても付いてまわる問題だろう。

「私に属する派閥の連中が、それでは社長の思う壺だとやいのやいの言いだしたんだ。そう言われれば、上に立つ私としてもなんとか統制をとらねばならない。そんな折だったんだよ、西野くんが私に近づいてきたのは」

藤沢ゴルフ倶楽部に内部闘争が勃発したことを聞きつけた浩輔くんは、これぞチャンスだとおじさまに買収の話を持ちかけたそうだ。これは渡りに船だと、おじさまは彼の提示した好条件と縁談に乗り気になってしまった。しかも浩輔くんから、私に対する過去からの想いも聞かされ、絶好の話だと飛びついたそうだ。

「それもこれも藤沢ゴルフ倶楽部を愛しているからこそだということは、兄さんも汐里もわかってほしい」

「ああ、わかっているよ」

父はうなずき、私も「はい」と返した。孝志おじさまも父も、会社を愛するからこそ最善の道をとろうと奔走したのだから。

「朝比奈社長に再提示された条件を見たときには、正直驚かされたよ。金額面はもちろんのこと、藤沢ゴルフ倶楽部の今後の詳細な計画まで組まれていたのだからね。あれは一朝一夕で作成できるものじゃない。練りに練った上で作られたものだ」

孝志おじさまは舌を巻いた。

「大切な会社を引き受けるわけですから、こちらとしましても最善の手を尽くすのが義務ですから。当然のことをしたまでです」

朝比奈さんが謙遜すると、おじさまは「いや、本当に立派だ」と唸った。

「ここにいる朝比奈社長は、ただものじゃない。まれに見る素晴らしい経営者だよ」

おじさまは興奮気味に言いながら立ち上がり、一成さんの元へと歩み寄る。すっかり一成さんに心酔してしまったようだった。

「もったいないお言葉をありがとうございます」

堂々とした一成さんを見て、私まで嬉しくなる。

「朝比奈社長、いや、一成くん、汐里はちょっとおてんばだがとてもいい子なんだ。どうか、どうか誰よりも幸せにしてやってほしい」

「おじさま……」

孝志おじさまは目尻に涙を浮かべながら、一成さんの手を取った。

「はい、もちろんです」

ふたりを見て胸が熱くなる思いだった。

それから一週間が矢のように流れていき、私は、おじいさまに会うために一成さんの自宅へ来ていた。

通されたリビングは、ダークブラウンのクラシカルなソファが大理石のテーブルを挟んで三つ並び、重厚感を醸し出している。

リビングの壁面にはガラス製の大きな棚があり、ウイスキーらしきボトルが数十本並んでいた。窓から差し込む午後の光はうららかなのに、この部屋の空気はことごとく重い。

背筋をピンと伸ばしたまま、ソファに浅く腰を掛ける。膝に手を揃えて置き、私は何度も深呼吸を繰り返した。

「そんなに緊張しなくてもいいから」

一成さんはにこやかに言うけれど、これが緊張せずにいられようか。

彼が握ってくれた手を握り返すと力が入りすぎてしまい、一成さんは「イテッ」と苦笑いだった。

少しするとリビングの二枚ドアが一気に開け放たれ、おじいさまが登場した。

おじいさまの表情は予想どおりかなり険しい。私に会うのが相当嫌なのか、顔色も優れないように見える。

おじいさまは私たちの向かいのソファに、低く唸りながら座った。

「ほ、本日はお時間をお取りいただきありがとうございます」

一度立ち上がって頭を下げたものの、返事はひと言もない。

一成さんに促され、仕方なしにおずおずと座った。

「会長、お時間を割いていただいたのは他でもありません」

一成さんが口を開く。

「こちらにいる藤沢汐里さんと結婚しようと思っています」

「勝手に決めるなと言ったはずじゃ」

おじいさまの声が少し荒くなったので、私の肩がビクンと弾んでしまった。

「おまえの妻となる女性は、いずれわしが決める」

おじいさまが私をじっと見据えて言い放つ。〝諦めろ〟という意味合いを目線に乗せていることは、ひしひしと伝わってきた。

そこから目を逸らしたいのをぐっとこらえ、お腹の底に力を入れる。

「自分の結婚相手は自分で決めます」

一成さんは負けずに言い返した。

「それから、藤沢ゴルフ倶楽部を傘下に収める話も順調に進んでおりますので」

「――なに?」

「どちらも決定権は私にあると思っておりますが、違いますか?」

そこまで言わなくても……とも思ったけれど、ここで私が弱気になってはいられない。一成さんを応援するつもりで、その横顔を一心に見つめた。

「それなら、どうしてわしにその娘を会わせたりするんじゃ。わしの意見を聞くつもりがないのなら、こうしている意味はひとつもない」

おじいさまはこれ以上ないというほど怒りで目をギラギラとさせ、目尻が険しく吊り上がる。

「会長に反対されたまま結婚するわけにはいかないからです。汐里さん以外の女性との結婚は考えていませんが、会長にも祝福してほしいんです」

一成さんは切実に訴えた。

両親を亡くし、一成さんの身内はおじいさまだけ。そのおじいさまの反対を押し切ってまで結婚するわけにはいかないという彼の気持ちがそこにはあった。たったひとりの身内だからこそ、祝福してほしいと。

おじいさまに一成さんの気持ちは伝わっているのだろうか……。

ふたりが睨み合ったまま、時間だけが過ぎていく。呼吸するのも憚られるほどピンと張りつめた空気だった。

「うむ……。それでは、こうしようではないか」

重々しく口を開いたのはおじいさまのほうだった。

「わしと日下部と、そこの娘――」

「汐里さんです」

一成さんが言い直すと、おじいさまは不快そうに顔を歪めてから「汐里さん」と言い換える。

「三人でゴルフ対決じゃ！」

「はい⁉」

これには一成さんも私も、顔を突き出し目を見開く。

ゴルフで対決……？

「わしと日下部にゴルフで勝つことができたら、そのときは一成の嫁として認めよう」

おじいさまは腕を組み、風格を漂わせながら不適な笑みを浮かべる。

「ちょっと待ってください。そんなことで大事な結婚を決めるなんてバカげています」

一成さんが身を乗り出して抗議するものの、「それ以外で認めるつもりはありゃせん」と駄々をこねるように、おじいさまがプイと顔を横にそむける。

再び、私たちは押し黙ることになってしまった。

おじいさまは最大限の譲歩のつもりで突飛な提案をしたのだろう。頭からダメだと否定され続けていたことを思えば、大きな進歩だと思えなくもない。

このチャンスを逃したら、おじいさまに一生認めてもらえない可能性もある。

それなら……。

「私、やります」

一成さんが「えっ⁉」と私を見る。

「ゴルフ対決、やります」

「ほほう。意外と骨のある娘じゃの」

おじいさまは口をすぼめて目を丸くした。私が受けて立つとは思っていなかったのかもしれない。

これでもゴルフ場を経営する家に育ったのだ。小さな頃からゴルフは身近なスポーツだったし、スコアもそこそこだと自負している。

「ただ、簡単に勝てると思ったら大間違いじゃぞ。わしはともかく、日下部はセミプロじゃ」

「……え?」

……セミ、プロ? うそ……。

色白で身体は華奢。どちらかというとインドア派に見えるあの日下部さんが、ゴルフのセミプロだなんて……。

でも、やめるわけにはいかない。うっかり安請け合いしたことを後悔しそうになる一歩手前で、なんとか踏みとどまった。

「会長、やはりそんな対決は——」

「一成さん、大丈夫です。私、やりますから」

背筋を伸ばし、宣誓するように彼を制止した。

相手がセミプロだろうが、やってみなければ勝負はわからない。やる前に諦めたくはない。

「……うむ。よかろう。さっそくじゃが、対決は明日にしよう」

「——明日ですか!?」

思わず甲高い声で聞き返してしまった。

一成さんも声を上げられないほど驚いたようだ。

「決めごとはスパン！とすぐに片付けるに限る。ゴルフ場の手配は日下部にさせるから、汐里さんはゴルフバッグと身ひとつで来ればよろしい」

一成さんはおじいさまにそっくりだと思ってしまった。ふたりとも思い立ったら即行動をとるタイプみたいだ。

おじいさまは少し嬉しそうな様子であれこれと算段し始めた。もしかしたら、この状況を楽しんでいるのでは……？

「会長、明日は大事な会議がありますので週末にしていただけませんか？」

「この勝負に一成は出るわけじゃないんだから、べつにかまわんじゃないか。なぁ、汐里さん」

きっと、ここで私が心細がっていたら対決自体をなかったことにされてしまうだろう。そうなれば、一成さんとのことを認めてもらうチャンスがなくなってしまう。木陰もちょうど明日は定休日だった。

「私ひとりで大丈夫です」

決意をもって強くうなずいたのだった。

「明日、本当に大丈夫？」

おじいさまとの話を終えて車に乗り込むや、心配そうに口を開く一成さんに「はい」と毅然と返事をする。

本音を言ってしまえば大丈夫じゃない。でも、そうして不安がっていたってどうにもならないのだ。

「勝てるかどうかは正直に言って自信はないけど……。でも、頑張ります」

一週間くらい猶予があればよかったけれど仕方ない。

今日は早く帰って、明日に備えてクラブの手入れをしなくては。

ここしばらくラウンドも行っていないから、軽く素振りもしておこう。

「汐里にだけ頑張らせることになって申し訳ない」

「私だけじゃないですよ。一成さんは、孝志おじさまのことがありましたよね？　だから、今度は私の番」

私だって、のんびりと待っているだけにはなりたくない。私たちの結婚がかかっているのだから、なんとしても勝たなくては。

膝の上で小さく拳を握る。

ほんの数ヶ月前は、そんな風に思える相手と巡り会えるとは思ってもいなかった。

お見合いは失敗続き。デートまでこぎつけたとしても、そこでおてんばぶりが明るみになって辞退されてばかり。一生独身を貫く覚悟も必要なんじゃないかと思い始めていた時期だった。

そんな私にこんな素敵な出会いがあるなんて……。

「俺たちの未来は汐里の双肩にかかっているってわけだ」

「一成さんに言われると、なんだかプレッシャーが……」

強気でいたつもりなのに、突然胃がキリキリと痛みだす。

「あんまり思いつめるな。たとえ負けたとしても、俺は汐里以外と結婚するつもりはないから」

赤信号で車が静かに止まる。

私の髪を撫でた一成さんの指先が、私の頬を伝って唇へ到達する。シートから身を乗り出すようにして近づく彼の顔。指先で引き寄せられるように顎を持ち上げられ、ゆっくりと目を閉じた。

唇を重ね合せるだけの長いキス。それは、後続車にクラクションを鳴らされるまで続いたのだった。

緊張して眠りが浅かったせいか、翌日、私は五時に目が覚めた。

それなのに寝不足という感じはまったくしない。むしろ気持ちが急いてしまって、早く動きたくて仕方がなかった。

日下部さんから連絡が入ったのは、昨夜の九時過ぎ。

《無謀なことにチャレンジしますね》というのが、彼の第一声だった。

もうこの際、なんと言われようとかまわない。とにかく私は勝つことだけを考えようと、改めて強く思った。

対決の会場は、なんとうちのゴルフ場だった。セミプロ相手の私に対する、おじいさまの恩情らしい。プレー経験のあるゴルフ場で勝負をしたとしても私に勝ち目はないと言われたようで、それもまた私を奮起させた。

シャワーで身を清めてバスルームから出ると、いつも六時起きの多恵さんが朝食を作って待っていてくれた。願かけのつもりか、なんと朝からかつ丼だった。

二時間後、決戦の場となる藤沢ゴルフ場に到着した。

ゴルフバッグを担いでクラブハウスの中へ入ると、スタッフから「お久しぶりですね。今日はお友達とプレーですか？」なんて声を掛けられ、「はい、まぁ……」と曖昧な返事をする。

ロビーのソファで人影が動き、それがおじいさま一行だと気づいて緊張が走った。

「おはようございます。今日はよろしくお願いします」

カチンコチンに固まった状態で頭を下げる。

おじいさまは「ああ」と短く声を発しただけだった。

今日の彼は渋い色味の着物ではなく、ネイビーグリーンが目にまぶしい長袖のポロシャツにベージュのチノパンというスタイルだ。いつもより若く見えるけれど、ポロシャツの色合いのせいなのか、顔色があまり優れないように見える。

おじいさまの後ろには、ビタミンカラーのゴルフ場ウェアに身を包んだ日下部さんが控えていた。

「では参りましょう」

日下部さんが声を掛け、彼が先頭で一番ホールのティーグラウンドへ向かう。

「風が少し強いですね」

日下部さんは目の上に手をかざしながら空を見上げた。

風は右からのアゲインスト。高く打ち上げたら跳ね返されてしまいそうだ。

おじいさまがまずティーグラウンドへ立った。

三四〇ヤード、パー四でグリーンは真正面。両サイドにはバンカーがある。

大きく振りかぶったおじいさまの打球が大きな弧を描いて飛んでいく。飛距離は二〇〇ヤードといったところか。

「まずまずじゃな」

おじいさまは満足気に振り返った。

続く日下部さんが美しいフォームで送り出したボールは、低空飛行で真っすぐ飛んでいき、おじいさまよりかなり遠くで着地したようだ。

「二七〇ヤードでしょうかね」

たいしたことでもないというように、日下部さんが淡々と言葉を発する。

さすがセミプロと、私は思わずため息を吐いてしまった。

「汐里さんの番ですよ」

日下部さんに促されてドライバーを握り締める。

グリーンは真っすぐ目の前。両サイドにはバンカーがあるから、とにかく曲がらないようにしなくちゃ。

ゴルフボールとグリーンの間に何度も視線を行き来させる。

大きく息を吸いながら振りかぶり、息を止めると同時にボールを叩いた。

——ダメだ。

そう直感する。低く打つつもりが高く打ち上げてしまったのだ。思ったとおり風の反撃に遭い、すぐさま失速。

「一八〇ヤードってところですね」

日下部さんに冷静に測定され、がっくりと肩が落ちる。

「素人の女性なら上出来ですよ」

余裕の表情をした日下部さんが、私の肩をトンと叩いた。

そんな慰めはいらない。一打一打が大事な今日は、〝上出来〟なんかじゃダメなのだ。

よし、二打目で挽回するぞ。そう意気込んだものの、ユーティリティーでの飛距離も伸び悩み、アプローチウェッジを使った三打目でようやくグリーンに乗せることができた。最後はパターで二パット、結果はボギーだった。

おじいさまはパーで、日下部さんがバーディー。つまりおじいさまとは一打差、日下部さんにいたっては二打差となってしまった。

「はぁ……」

思わずため息が漏れる。

おじいさまはそんな私を見て、嬉しそうに顔をほころばせた。

「……まだ一番ホールですから」

唇を噛み締めて言うと、負け惜しみと思われたのか、おじいさまには高笑いをされてしまった。

残りは十七ホールも残っている。負けが決まったわけではない。

なんとか気持ちを奮い立たせ、次のホールへ向かった。


「汐里さん、ここからの勝算は？」

私たちは七番ホールまで進んできた。ゴルフバッグからドライバーを取り出したところで、日下部さんが意地悪な顔で近づいてくる。

大人気なくプイと顔を背けると、クスッという声が漏れ聞こえた。

六番まで終わって、おじいさまとのスコア差は六、日下部さんとは十一もある。

私がパーを取れたのはわずかに一回だけで、それ以外はずっと一か二オーバー。

いつもより調子が悪いというわけじゃない。むしろ好調なのに差は広がるばかり。

馴染みの深いゴルフ場を選んでもらったアドバンテージは、まったく活かせていなかった。

ここから逆転なんて天変地異が起きたって無理だ。

無謀な挑戦が本当に無謀のまま終わってしまう……。

ドライバーを握り、おじいさまがティーグラウンドへゆっくり歩いていく。

……あれ？　なんだかちょっとおかしい。

気のせいか、おじいさまの足取りがふらついているように見えたのだ。カートを使って移動しているとはいえ、疲れてしまったのかもしれない。

大丈夫だろうかと思ったときだった。おじいさまが、その場で崩れ落ちるように倒れる。

――え!?　うそ！

「会長！」

すぐに駆け寄った日下部さんに続いて、私もおじいさまの元へと走った。

「会長！　大丈夫ですか！」

その場にひざまずき、おじいさまを抱き上げた日下部さんが声を張り上げる。

呼吸はあるけれど胸を手で押さえて苦しそうに顔をしかめているおじいさまは、「ああ」とうめくように返事をした。

「日下部さん、早く病院へ！」

ぐずぐずしている暇はない。カートへ乗せて、早くクラブハウスへ戻らなくては。

おじいさまを抱き上げた日下部さんが、なんとかカートへたどり着く。

ところが、ついさっきまで動いていたカートの電源が入らない。

——うそでしょ⁉　お願いかかって！

祈りを込めてキーを回すが、ブルンという音が一度鳴るだけで動き出す気配がない。カートに乗せられたおじいさまは胸を押さえてひどく痛がっている。苦痛に顔をゆがめ、座っているのがやっとの様子だ。

「日下部さん、救急車を！　私はクラブハウスに戻って人を連れてきます」

走りかけたところで日下部さんに止められる。

「あなたより私のほうが足は速いでしょうから、私が行きます。汐里さん、会長のことは頼みましたよ」

日下部さんは救急車への通報か、スマホを耳に当てながら駆け出した。

おじいさまを見ると、冷や汗が流れ、呼吸が荒くなっている。今は意識があるけれど、いつ急変してもおかしくはないだろう。少しでも安全な場所へと考えると、やはり一刻も早くクラブハウスへ連れていってあげたい。

私の独断で、おじいさまを背負っていくことを決意した。

「おじいさま、私の背中に乗ってくださいますか？」

おじいさまは無言でよろよろと立ち上がると、カートの段差を利用して倒れ込むように私の背に担がれた。

　小柄で痩せて見えても、やはり男性。その上、ぐったりしているせいかずしりとした重さを感じる。

　それでもなんとか立ち上がり、足を踏み出した。

　どのくらいの距離があるんだろう。起伏のある場所なだけに、すぐに息が上がる。何度となく立ち止まり、おじいさまの様子を窺いながら背負い直す。

「おじいさま、大丈夫です。もう少しです」

　早くしないと。手遅れになんて絶対にさせない。たったひとりの身内を一成さんから奪うわけにはいかないのだから。

　私の中には、そんな意地しかなかった。

　おじいさまが倒れた原因は私にもある。私がムキになってゴルフ対決を受けたりしなければ、こんなことにはならなかったかもしれない。

　だから、なにがなんでも助けなければ——。

　建物が見える地点まで、ようやくたどり着いたらしい。顔を上げると、日下部さんが救急隊員を誘導している姿が見えた。

「大丈夫ですか？　後はお任せください」

救急隊員の人たちは私の背中からおじいさまを下ろし、担架に横たわらせた。

急に重しがなくなり、私はその場にヘナヘナと座り込む。「よろしくお願いします」のひと言すら声にならなかった。

私とは比べものにならない速さでおじいさまが小さくなっていく。

「……あなたという人は、本当に無茶ばかりする人ですね」

日下部さんに呆れられるのは、これで何度目なのか。数え上げたらキリがないように思えてくる。

日下部さんは大きなため息を吐きながら、「おかしな人ですね、まったく」とつけ加えた。

それに反論する余裕は、当然ながら今の私にはない。

「では、私は会長につき添いますので。……大丈夫ですか?」

肩で息をする私に日下部さんが声を掛ける。

逆光のせいで、顔を上げても日下部さんの顔が見えない。一応心配してくれているのか、声色は優しかった。

「……は、い……。後は……お願い、します……」

「もちろんです」

救急隊員を追うように日下部さんは走りだした。

息を整えてからゆっくりと立ち上がり、置きっぱなしにしてしまったゴルフクラブを取りに戻りながら考える。

勝負は中途半端になってしまったけれど、あのまま何事もなく続けていたとしてもスコア差は開いていくばかりだっただろう。

私の負けは確実。おじいさまの許しは得られなくなってしまった。

一成さんは買収で成果を上げたのに、私は大口を叩くだけで終わってしまったことになる。結局はおじいさまに無様な姿をさらしただけ。

これで一成さんとの結婚は、近づくどころか遠ざかってしまったと思うと暗い気分になった。

帰り着いた自宅のソファに足を投げ出す。ふくらはぎも太ももパンパンだ。おまけに腕は肩から上がらない。

一成さんからは、おじいさまが緊急手術を受けることになったとの一報が一度あったきり。心筋梗塞を起こしていたそうで、まだ手術中なのかもしれない。

「それにしても大変なことになってしまいましたね。汐里様と朝比奈様のご結婚はどうなってしまうんでしょうか……」

多恵さんは、私よりも不安そうだった。両手を胸の前で組み、神様に許しを請うようにも見える。

「負けたも同然だから……」

おじいさまの具合が途中で悪くなったとはいえ、勝敗はもうすでについていた。

「そんな……」

多恵さんが泣きそうな顔になる。

「やだ、多恵さんってばそんな顔しないで。もう、なるようにしかならないんだから」

それは建前。本音では私だって不安でたまらない。なによりも、おじいさまの容態が一番気がかりだ。

「私、シャワー浴びてくるね」

多恵さんが入れてくれた紅茶をひと思いに飲み干し、バスルームへと向かった。

私の部屋に顔を出した多恵さんから「朝比奈様がお見えでございます」と告げられたのは、その日の午後十時過ぎのことだった。

いつ連絡がくるかと、スマホを握り締めてソファにもたれていた私は、弾かれたように立ち上がった。

多恵さんのすぐ後ろから一成さんが顔を覗かせる。当然だろうけど、疲れた表情をしていた。

「ごめん、汐里。寝てたか？」

「いいえ、一成さんからの連絡を待っていたので」

多恵さんが「失礼します」と部屋から下がると、一成さんは私のいるソファに腰を下ろした。

「おじいさまの手術は？」

「終わったよ」

「……成功、ですよね？」

息を呑んで答えを待つと、一成さんは「ああ」とうなずいた。

「よかった……」

お腹の底から息を吐き出した。

そしてソファから立ち上がり、腰を直角に折り曲げる。

「ごめんなさい！　私とあんな勝負をしなければ、おじいさまは倒れたりすることはなかったかもしれません」

一成さんと私のことで心労が重なった上、八十近い歳でゴルフの勝負に挑むことになってしまったから。心筋梗塞はきっとそんなストレスが祟ったに違いない。

「顔色だって悪かったのに、それを気にも留めず無理をさせてしまいました」

一成さんの顔を見られずにうつむく。

「日下部から聞いたよ。汐里が会長を運んでくれたんだって？」

「急にカートが動かなくなってしまって……」

「ほんと汐里は無茶なことばっかりだ」

一成さんは私の髪をくしゃくしゃと撫でた。

見上げた一成さんの顔が優しくて、かえって胸が痛くなる。

「いくら会長が小柄だといったって、男ひとりをよく担げたよ」

「……あのときは必死だったから」

とにかく助けることで頭はいっぱい。おじいさまを助けることができるなら、私の身体はどうなってもいいとすら思った。

「あの後すぐに救急車に運んで処置ができたそうだ。一刻を争う状態だったから、汐里のおかげなんだよ。感謝するのはこっちだ。ありがとう、汐里」

一成さんに引き寄せられ、その腕に抱きしめられた。

「でも私、負けたんです」

どうもダメだ。一成さんと会った途端、弱気な気持ちで心がいっぱいになる。おそらくそれは、彼の大切な人を危険な目に遭わせてしまった負い目があるからだろう。

「勝負は途中で終わったはずだ。負けも決まってない」

私を引き離した一成さんが顔を覗き込む。訴えるような目つきだった。

「それに言ったはずだぞ。俺は汐里以外とは結婚しないって」

そう言われて胸が苦しくなる。

私も一成さん以外は考えられない。でもそれ以前に、もう一度対決をしても私が勝てるわけがないのだ。今日の状況を見て、それは私が一番よくわかった。

おじいさまは、はなから許す気などないから、私が絶対に勝てない方法で決着をつけようとしたのではないか。

そのとき、一成さんの胸ポケットからスマホの振動音が聞こえてきた。

スマホを取り出した一成さんは「病院からだ」と言って、私から少し離れて応答し始めた。

おじいさまになにかあったのかな……。不安な気持ちがさらに膨らむ。

一成さんは通話を切ると、私に向き直った。

「意識が戻ったそうだ」

……意識が。よかった……。ほぅと息を吐き出す。

「いったん病院へ戻る」

「はい」

私をギュッと抱きしめると、一成さんが慌ただしく私の部屋を出る。見送ろうと玄関まで行ったところで、父が姿を現した。

「一成くん、会長の様子はどうだい？」

「意識が戻ったと、たった今病院から連絡がありました」

「そうか。それならよかった」

父は安堵の表情だった。

「一成くんも、看病で倒れたりしないようにするんだよ」

「はい、ありがとうございます。では急ぎますので、これで失礼します」

一成さんは私に微笑んだ後、玄関から出ていった。


翌日、アルバイトを終えて店を出ると、晴れ渡っていたはずの空には黒い雲が広がり、雨がポツリポツリと降り始めていた。

今朝早くに一成さんから入ったメールによると、おじいさまの意識はいったん戻ったものの、またすぐに眠ってしまったそうで、話をできる状態ではないそうだ。ただ、容態は安定しているらしい。

手のひらを上にして空を見上げる。

さて、困ったな。

こうしている間にも雨は次第に強くなっていき、雨雲が私を本気で濡らしにかかってきた。傘も持ってないし、駆け足で帰るしかないか。

よし!と意気込んだとき、店の前に黒の高級車が停車した。浩輔くんの車だ。

助手席のパワーウインドウが開く。

「汐里、送ってくよ」

あのパーティーの夜以来だった。

「ううん、大丈夫」

「そう言うなって。汐里と少し話がしたいんだ。俺たちの婚約話もなくなって、もうこれが最後だろうし」

浩輔くんが力なく笑う。

パーティーの夜は私のことを心配してくれていた、最後はきちんと話すべきなのかもしれない。

「わかった」とうなずき、彼の車に乗り込んだ。

ゆっくりと車が走りだしたちょうどそのとき、雨が大きな粒となってフロントガラスに叩きつけ始めた。

「藤沢専務もひどいことをするよな。アーロンと組むと言って張り切っていたくせに、代表権をもらえるとなったら、手のひらを返してコンラッド開発になびくんだから」

孝志おじさまから浩輔くんに報告があったのだろう。

「『汐里との結婚も諦めてくれ』だってさ。ほんとひどいよなぁ」

浩輔くんの乾いた笑いが車内に響く。

「……でも本気で私と結婚したいわけじゃなかったでしょ？　浩輔くんには大切にしている女性がいたって聞いたよ」

浩輔くんの顔が瞬く間に曇る。

「やけになって私と結婚するって言ってただけでしょ？」

「それは違う」

浩輔くんは大きく息を吐き出し、信号待ちで止まったところで私を見た。熱い眼差しに一瞬たじろぐ。

「汐里は信じてくれないかもしれないけど、本気だったよ。俺は、汐里と本気で結婚したいと思ってた」

「浩輔くん……」

どことなく重い空気が車内に漂う。

ところが浩輔くんは私の困った顔に気づき、すぐに柔らかな表情へと切り替えた。

「もしかしたら俺は、汐里と自分のことを勝手に重ねていたのかもしれないな」

「浩輔くんと私を？」

信号が青になり、再び車が走りだす。

「汐里が親の会社を助けるためによく知らない相手と結婚するくらいなら、俺のほうが幸せにできると思った」

家の事情で好きな人と引き離された浩輔くんだからこそ、そんなふうに考えたのかもしれない。幼馴染の私が辛い思いをするならばと。

「でも、私は一成さんのことが好きだから」

きっかけはどうであれ、今はこの胸に想いを抱えきれないくらいに彼のことが好き。だから、一成さんとの結婚は私がなによりも望むものだ。

「そこまでストレートに言われると、さすがにきついな」

浩輔くんはちらっと横目で私を睨むようにすると、軽く笑った。

「……ごめん」

「けど、例の会長さんの許しはもらえたの？」

それを聞かれるととても辛い。

アーロンとの買収話は決着がついたとはいえ、肝心なおじいさまの承諾は得られていない。それどころか暗礁に乗り上げてしまった。

押し黙った私に浩輔くんは「やっぱりまだなのか」と息を吐く。

「ちょっと停滞してるだけだから」

「停滞?」

「おじいさまが倒れたの」

言うつもりはなかったのに、うっかり口を滑らせてしまった。

「──倒れた?」

浩輔くんが驚いたように聞き返す。

しまったと思っても、もう遅い。

「……あ、うん……」

「まさか、孫の嫁選びの心労で?」

浩輔くんですらそう考えるということは、おじいさま本人も一成さんも、関係する人たちはみんなそう考えている可能性が高い。やっぱり私と一成さんが出会わなければ、おじいさまが体調を崩すことはなかったのかもしれない。

うつむくと、膝に置いていた私の手にふと浩輔くんの手が重ねられた。とっさに引き抜こうとしたものの、強く握られ逃げられない。

いつの間にか、車は私の自宅前に停められていた。

「そんな辛い道なんかやめちゃえばいいじゃん」

浩輔くんが私の顔を覗き込む。

「負い目を感じたまま付き合っていくのは苦しくない？」

少なからずそう感じていただけに、的を射たことを言われてぐうの音も出ない。強気に言い返す勢いを一気に失ってしまった。

「本音では、もうダメかもしれないって諦めかけているんじゃないか？」

さらに畳みかけられ、言葉を失う。心を見透かされ、即座に目を逸らした。

他人に言われることで、真実味が増していく気がする。

私たちはダメになんかならない。そう否定してみても、おじいさまが倒れた事実がそれを葬り去ろうとする。

大きな波のように心細さが打ち寄せてきた。揺れる心をなだめるように、自分の身体を自分で抱きしめる。

「汐里、もう一度俺とのことを考え直してみようよ」

私は首を力なく横に振ることしかできない。

一成さんのことは諦めたくない。……その一方で自分自身が辛い立場に立たされているのも事実だった。

「……ごめんね。送ってくれてありがとう」

そう言うと、浩輔くんはやっと私の手を解放してくれた。

ドアを開けると、雨音が強くなる。激しい雨は矢のように降り注いでいた。

「汐里！　待って！」

降りて駆けだそうとしたところで、浩輔くんが運転席から降り立った。私のもとへ走り寄り、腕をぐっと引き寄せる。あっと思ったときには、彼に唇を塞がれていた。

「……やっ！」

懸命に浩輔くんの胸を押したところで、私の目が信じられないものを捕えた。

「一成さん……！」

一成さんがそこに立っていたのだ。私が浩輔くんにキスされているシーンを目撃したのだろう。その目が驚きに見開かれた後、苦しそうな色をにじませた。

あまりの出来事に足がすくんで身動きができないのに、心臓はこれまで感じたこともない速さで鼓動を刻んでいた。

一成さんが私に背中を向ける。

──待って！　行かないで！

伸ばした手が雨の中で空を切る。

彼は私を置き、自分の車に乗り込むと素早くエンジンをかけた。

「一成さん！」

そこでようやく動いた足を懸命に前へ出して彼の元へと走り寄ったが、それも空しく一成さんの車は私の横を素通りし、走り抜けて行ってしまった。

迷わず私も駆けだす。追いつけるはずもないことは頭でわかっていた。でもそうせずにはいられない。

一成さん、違うの！　お願い、止まって！

降りしきる雨の中、彼の車のテールランプが遠ざかっていく。

それでも私は足を止められなかった。最後に見た一成さんの苦しみに歪んだ横顔が頭をよぎり、胸が張り詰める。行き交う車のライトが時折私の目を照らし、眩しさに瞼を閉じた。息は上がり、足は鉛のように重かった。

一成さんの車が戻ってくる気配はまったくない。足を緩め、トボトボと引き返す。

容赦のない雨のせいで、頭からつま先までびっしょりだ。

春はもう少し先。冷たい雨が身体を芯から冷やしていく。

心まで凍りついてしまいそうで、一成さんのこともおじいさまのことも考えたくなかった。

そうしてやっと自宅までたどり着いたとき、私は玄関先でそのまま意識を手放した。

# スイートタイムをもう少し

その夜から、私は三日間にもわたって高熱にうなされ続けた。

木陰へは、多恵さんが休みの連絡を入れてくれたそうだ。

一成さんとは、あれから連絡を取れていない。なんとか身体を起こせるようになってから電話をしてみたけれど、仕事中なのか出てもらえなかった。掛け直してくれたようだったけど、今度は私が寝ていてすれ違ったまま。

メッセージを送ろうかとも考えたけれど、無視されたらと思うと、怖くてできずにいた。

浩輔くんとのあんなシーンを見られてしまって、私はどうしたらいいんだろう。

一成さんを傷つけてしまった。

もしかしたら、もう私のことは嫌いになったかもしれない。

誤解を早く解かなきゃいけないのに、どう思われているのか不安でたまらなかった。

そうして四日目の朝を迎えた今日は、目が覚めたときから身体の軽さが違う。ベッドから起き上がって伸びをしていると、多恵さんがちょうど部屋に入ってきた。

「汐里様、起き上がって大丈夫でございますか？」

「うん。もう大丈夫みたい。心配かけてごめんね」

「よかった……」

多恵さんは手を胸の前で組んで、今にも泣きだしそうな顔をした。

「汐里様が高熱を出すなんて、藤沢家でお世話になってから初めてでしたから、それはもう心配で心配で」

父に聞いた話によると、救急車を呼ぼうとするくらいだったそうだから、その心配ぶりはよくわかる。

「ごめんね、多恵さん、いろいろと……」

多恵さんにはこのところ気苦労のかけどおしで、謝ることばかりの気がする。

「いえ、汐里様がご無事ならもうそれで十分でございますから」

「ありがとう。それじゃ、シャワーを浴びてすっきりしようかな」

「かしこまりました。お風呂の準備をすぐにしてまいりますので、少々お待ちくださいませ」

多恵さんはにっこり笑った。

多恵さんが入れてくれたお風呂に入りリビングで寛いでいると、玄関のチャイムが来客を告げて響いた。

「もしかしたら朝比奈様じゃないでしょうか」

お茶の準備をしていた多恵さんがそう言いながらインターフォンへと向かう。

一成さんだったら、どんな顔をして会えばいいのかな。いろいろな感情が身体を駆け巡る。

ところが、多恵さんはすぐに「え!?」とそこから飛び退くような仕草をした。

「多恵さん、どうしたの?」

首を伸ばしてモニターを彼女の後ろから覗くと、そこには一成さんではなく浩輔くんの顔が映っていた。

「帰っていただきますので、汐里様はお部屋へお戻りくださいませ」

玄関へ向かった多恵さんを追いかけると、彼女は物置からほうきを取り出して逆さに持った。臨戦態勢はばっちりだ。

「待って、多恵さん。私が応対する」

「……ですが」

「大丈夫。この前のことを謝りたいのかもしれない」

自宅まで来て、私を連れ出そうとは思わないだろう。

「……では、汐里様、なにかございましたら大声でお呼びくださいね。絶対に無理はなさらないでください」

多恵さんは念押しして奥へ下がった。

浩輔くんは私の顔を見ると、「汐里……」とポツリと名前を呼んだ。まさか直接私が出てくるとは思わなかったみたいだ。

「寝込んでたんだって？　……悪かったな」

浩輔くんがうなだれる。やっぱり謝りに来たようだ。

「もうあんなことはやめてね。私、浩輔くんとは結婚できないから」

「……わかってる。この前、朝比奈一成にも『今度手出ししたらただじゃおかない』って言われたよ」

一成さんが、浩輔くんに……!?

驚いていると、いきなり開いたドアから一成さん本人が姿を現した。

「性懲(しょうこ)りもなく、また来るとはね」

あまりの驚きで、私は声も出ない。

彼は浩輔くんを押しのけ、私の隣に立つと肩を引き寄せて浩輔くんから離した。

「一成さん……！　あのね、これは違うの。浩輔くんは、この前のことを謝りに来てくれて、それであの――」

「わかってる」

一成さんはしどろもどろになった私をたったひと言で制した。

わかってる……？　それじゃ、あれは誤解だと思ってくれているの？

不安と緊張で心拍数が上がる。

「理由はなんであれ、汐里には今後近づくなと警告したはずだ」

一成さんは強い口調で浩輔くんに言い放った。

「わかってるよ。本当に謝罪に来ただけなんだ。ったく、どうしてこうもタイミング悪く登場するのかね、朝比奈一成というやつは」

「それはご愁傷様。汐里に群がる悪い虫にはセンサーが働くものでね」

眉間にシワを寄せて悪態をつく浩輔くんを一成さんが軽く牽制すると、浩輔くんは深いため息を吐いた。

「それにしても、ふたりを見てると羨ましいのをとおり越して妬ましいね」

妬ましいというワードを使っている割に、彼は満面の笑みだった。

「だから余計にちょっかいを出したくなったんだろうな」

「男の妬みはカッコ悪いぞ」

一成さんに言われて、浩輔くんが鼻先で笑う。

「それもそうだな」

浩輔くんはそこで一度大きく深呼吸をし、居ずまいを正した。

「汐里、悪かった。謝られたからと言って許せることじゃないかもしれないけど、俺、汐里と再会してよかったよ」

そう言って白い歯を見せた浩輔くんは、ついさっき入ってきたときの顔とは比べものにならないほど明るかった。

浩輔くんにどうか幸せな未来が待っていますようにと願わずにいられない。

「汐里、悪かった」

一成さんは、浩輔くんが去るや否や私を抱きすくめた。

お腹の底から絞り出すような声だった。つい今しがた浩輔くんに見せていた強気な姿勢が影をひそめる。

「え、あの……」

謝るのは私のほうなのに先を越されてしまった。

「三日間も寝込んだそうじゃないか。俺のせいだ。本当に悪かった」

腕の中で首をふるふると横に振る。

「一成さんはなにも悪くない。私こそ、ごめんなさい。浩輔くんの車に乗るなんて迂闊でした」

一成さんに『関わらないでほしい』と言われていたのに、最後だからと言われて断りきれなかった。

「俺はどうもダメだな。あんなシーンを見せつけられて嫉妬に狂いそうになった」

一成さんの切ない声が耳の奥に反響する。

「本当にごめんなさい」

一成さんにしがみつくようにして、抱きしめ返す腕の力を強めた。

「電話もなかなか通じないから嫌われたのかと……」

「俺が汐里のことを嫌いになるわけがないだろう？　会長のこともあったし、日帰り出張も続いていて、なかなか出られなかったんだ」

よかった……。

その言葉を一成さんの口から直接聞けたことでホッとして、胸のつかえが下りていく。あれほど不安だった心はみるみるうちに晴れ渡った。

「汐里に会いたくてたまらなかった」

「……私もです」

会えなかった時間は、途方もなく長かった。不安で不安で、寝ても覚めても一成さんのことばかり。もしかしたらもう会えないかもしれないとすら思ってしまった。

一成さんへの想いは、この三日間でさらに大きく育った気がする。

「それで体調は？」

私を引きはがした一成さんが額に触れる。その瞳は心配そうに揺れた。

「もう熱も下がりましたし、すっかり良くなりました」

「それじゃ、今から少しだけ出られる？」

唐突に聞かれて目を瞬かせる。

「汐里を連れていきたいところがあるんだ」

「はい、大丈夫ですけど……？」

どこへ連れていくつもりなんだろう。

彼の車に乗せられ、移動すること二十分。

私が連れてこられたのは、高台にそびえ建つ大学病院だった。

「もしかして、おじいさまのところですか？」

駐車場でエンジンが止められた車内で一成さんに尋ねる。

「そうだよ」

「……私が伺ってもいいんですか?」

私の顔を見て、また具合が悪くなるんじゃないか。

忌々しい存在だと思われていることを知っているだけに、どうしたってためらう。

「汐里を連れてくるように言ったのは、会長なんだよ」

「え?」

そう言われると、余計に不安が大きくなる。

いよいよ、一成さんとの結婚は諦めるように言われるのかもしれない。その最後通告をするために、私を病院へ呼んだのかも。

これまでの経緯が良くないせいで、悪い想像しかできない。

「とにかく行こう」

私の不安とは正反対に、一成さんの足取りが軽いのはどうしてだろう。気のせいかもしれないけど、まるで早くおじいさまに会いたいような……。

おじいさまの病室は、三階のナースステーションの近くだった。

ドアを開けて先に入った一成さんの後に続いて入る。個室らしく、十畳ほどの部屋にはベッドがひとつだけだった。

私の心臓は、さっきから嫌な音を立てていた。目線を下げたままベッドへと近づく。

「一成、来たのか。汐里さんは？」

彼の背中に隠れていた私は一歩横へ足を踏み出し、「こんにちは」と頭を下げた。

「こんなことになってしまい申し訳ありませんでした」

続けざまに謝罪を口にすると、おじいさまは「どうしてそなたが謝るんじゃ」と不思議そうに尋ねた。

「そうだよ、汐里」

一成さんが私の背中にそっと手を当てる。

「ですが、私が一成さんと結婚したいと言ったばかりに……」

「待ちなさい。なにか勘違いをしておらんか？　わしが今日ここへ汐里さんを呼んだのは、命を助けてくれたお礼をしたかったからじゃ」

私にお礼を……？

頭を上げて、おじいさまと一成さんを交互に見ると、一成さんが優しくうなずいた。

「倒れたわしを背負ってクラブハウスまで運んでくれたのは、汐里さんじゃないか」

「そうですが……」

「一成との結婚を邪魔する憎々しいじいさんだというのに、そんなこともかまわずにわしを励ましながら必死に。おかげでわしはこうしてピンピンしておる。本当にありがとう。礼を言うぞ」

初めて見るおじいさまの穏やかな表情だった。

厳しいことばかり言われてきた相手から感謝されるとは思いもせず、恐縮して小さくなる。

「俺からも、もう一度言わせてくれ。どうもありがとう、汐里」

「いえ、何度も言っていただかなくて大丈夫ですから」

ふたりからいっぺんに頭を下げられて身の置きどころがない。もう本当に勘弁してほしい。

「それからもうひとつ」

おじいさまはベッドの上で右手の人差し指を立てた。

「汐里さんにはひどいことを言ってしまい、本当に申し訳なかった」

おじいさまが胸を押さえながら頭を下げる。

「いえっ、それもお気になさらないでください。どうかお顔を上げてください」

こちらのほうが申し訳なくて身の細る思いがしてしまう。

おじいさまも会社を守ろうと必死なのはわかっているから。

「そもそも、そなたのことは悪い娘とは思っておらん。ただ単に自分が孫離れできていなかっただけなのじゃ」

一成さんと私はチラッと顔を見合わせた。

彼の言っていたとおりだったのだ。

「それというのも、息子が死んだばかりで寂しかったせいじゃろうな……」

おじいさまは遠くを見るようにして視線を投げかけた。

いつも威圧感しかなかったおじいさまが、なんだか急に小さくなってしまったように感じる。

「だが、一成は合併という大きな仕事をみごとにやり遂げた。わしもそろそろ孫離れをする時期じゃ」

「汐里、会長との関係にまで巻き込んで悪かったな」

一成さんが申し訳なさそうに笑う。

「それから一成との結婚のことだが……」

話が急に核心を突いたものだからドクンと鼓動が弾み、ワントーン下がったおじいさまの声が私に緊張を強いた。

前で組んだ手をギュッと握り締める。

「好きにするといい」

「はい……って、はい!?」

肩を落とした直後、弾かれたようにおじいさまを見る。

今、『好きにしていい』って言ったの……?

ドクドクドクと心臓が脈を打つ。

「命の恩人を粗末にしたら、ばあさんに天国で叱られるからな。それに、わしはゴルフの対決よりずっと以前から、体調が悪かったんじゃ。ゴルフで急に悪くなったわけじゃない。だから汐里さんが気に病む必要はなんにもないのじゃよ」

「……そうなんですか？」

「実は対決に藤沢ゴルフ場を使ったのも、視察のためじゃ」

隣に立つ一成さんを見上げる。

「会長が直接汐里に話したいというから黙っていたんだ。ごめん」

全身から力が抜けていく。ヘナヘナとその場に座り込みそうになったところで、一成さんが私のことを抱きとめてくれた。

「とにかく、そうと決まれば結婚は早いほうがいい。日下部にふたりの婚約披露パーティーの手配を任せてあるから、汐里さんもそのつもりでいるんじゃぞ」

「……婚約披露パーティー？」

あれだけブレーキがかかっていたのに、一歩前進した拍子にものすごい加速度だ。

私でもついていけないくらいに話が進んでいく。

「来月の第一日曜日だ」

「――え⁉」

一成さんに言われて私は目を剥いた。

来月の第一日曜日といったら一ヶ月後だ。

「なぁに、そんなに大げさなものじゃないから、心配することはない」

おじいさまがハハッと高笑いをする。その衝撃が術後の傷口を襲ったか、直後に
「うっ……」と胸を押さえた。

「大丈夫ですか⁉」

一成さんとふたりでおじいさまに寄り添う。

「……あぁ、大したことはない」

おじいさまの笑顔が引きつっているところを見ると、相当痛いようだ。

「あの……そのパーティーにおじいさまはご出席されないんですか?」

「わしが出席しなくてどうする?」

自分が主役なのにとでも言いたそうな口調だった。

私は言葉が出ずにポカンとおじいさまを見つめる。

おじいさまが急に小さくなったように感じたのは、私の気のせいだったようだ。何十年もの長きにわたって会社を大きくしてきた気概は、そこに健在だった。

「それくらい元気ってことだよ。だから汐里は心配しなくていい」

一成さんは私の肩をトントンと叩いた。

元気ならそれに越したことはないけれど、急すぎる展開の連続になんだか置いてけぼりを食(くら)った感じだった。

その日の夜、私たちは再び私の自宅へ戻ってきた。

婚約披露パーティーのことも含め、改めて私の父に挨拶をしたいという一成さんは、心なしか緊張した面持ちで私の隣に座っている。

この家に初めて来たときから手放しで歓迎されているのだから、今さら気を張らなくてもいいのにと思わなくもない。

多恵さんが入れてくれた紅茶に口をつけたときだった。

リビングのドアが開けられ、父が入ってきた。

「いやぁ、一成くん、お待たせしてすまなかったね」

最近の父は孝志おじさまへ代表権を移すにあたり、普段より忙しなくしている。

「いえ、お忙しいところお邪魔して申し訳ありません」

一成さんは立ち上がり、いつになく丁寧に頭を下げた。

「今日はお話ししたいことがございまして、お時間を取っていただきました」

父に促されて一成さんも腰を下ろす。

「それで、話したいこととは？」

「ようやく会長が汐里さんとの結婚を承諾してくれました」

「――ほう！　それは良かった！」

父が晴れやかに笑う。

「藤沢ゴルフ倶楽部の件も会長の了解を得ました。今後は私のほうで進めてまいります」

「素晴らしい。孝志にも伝えておくよ」

父は大きくうなずき、「よろしく頼むよ」と満足そうだった。

「それから、改めて申し上げます」

一成さんが姿勢を正す。私まで背筋が伸びる思いがするのは、いよいよ彼との結婚が現実味を帯びてきたせいだろう。

ただ、一成さんはすでに父に承諾をもらっているから、ここで口を開くべきなのは私だ。

「汐里さんを――」

「私、一成さんと結婚します！」

彼を遮り、私が高らかに宣言する。

一成さんが反射的に私を見たのを感じた。

そちらに向いて笑みを浮かべると、一成さんは一瞬目を丸くした後、顔をくしゃっとさせた。

「汐里さんにセリフを奪われてしまいましたが、必ずふたりで幸せになりますので、今後ともよろしくお願いいたします」

一成さんに合わせて頭を下げる。そして、下げた状態のまま顔を見合わせて笑った。

「どうか汐里をよろしく頼みます」

父はどこかほっとしたように、涙ぐみそうになりながら私たちを見つめた。

「多恵さん、ワインを持ってきてくれないか？　せっかくのお祝いの席だ。紅茶でなくワインで乾杯といこう」

「かしこまりました」

いったん下がった多恵さんがワインを運んでくると、そこからは父と一成さんの酒盛りが始まってしまった。

急な婚約披露パーティーも父は大いに賛成してくれ、招待客の人数を指折り数え始め嬉しそうだった。

私はワインに少しだけ口をつけてから、そっとリビングを抜け出した。

ちょうどそこで出くわした多恵さんが、パッと顔を輝かせる。

「汐里様、本当にようございました。私はもう嬉しくて……」

多恵さんが感極まったように唇を噛み締める。

「おめでとうございます」

「多恵さん、ありがとう。いろいろと心配をかけてごめんね」

「汐里様がお幸せになるのでしたら、そんなことはどうということもございません」

私の手を握って柔らかく笑った。


大きな鏡に写る自分の姿に見入る。

両サイドに編み込みが施され、後ろで緩くアップにされたヘアスタイル、ピンクを基調にした柔らかさのあるメイク。それは普段の私とは違って、女性らしさに溢れた姿だった。

「あなたには本当に驚かされっぱなしですね」

今日は一成さんと私の婚約披露パーティーが行われる日。顔を合わせるや否や、ぼやいたのは日下部さんだ。

「絶対にうまくいきっこないという私の予測を簡単に覆すんですから」

「悔しいですか？」

「ええ、そうですね。何事においても私の予測精度はかなり高いほうでしたから」

きついことを言っている割に彼の頬が緩んでいるから、ぜんぜんこたえない。

私にいろいろと忠告してくれたのも、今となっては日下部さんなりの優しさだったような気がする。

「日下部さん、どうもありがとう」

「……お礼を言われる筋合いはありませんが？」

日下部さんが戸惑いの表情を浮かべたところで控室のドアが開け放たれ、一成さんが入ってきた。

「汐里、そろそろどうだ？」

光沢のあるグレーのタキシードがライトに照らされてつやめく。

いつものラフな感じと違い、整髪料で整えたヘアスタイルがやけに眩しくて私は思わず目を細めた。

一成さんと鏡の中で目が合う。お互いにしばらく見つめ合った。

「……汐里、ちょっと立ってみて」

一成さんの手を取り立ち上がる。

今日の私は、身体のラインに沿ったマーメイドラインの白いドレスを着ていた。肘までのロング手袋は滑らかなシルク。大きく開いたデコルテに散らされたラメの効果も手伝って、自分でもかなりキラキラしていると思う。

「綺麗だ……」

一成さんがポツリとつぶやく。

甘い視線で言われ恥ずかしさにうつむくと、額に一成さんの唇が触れた。

その瞬間、「コホン」と日下部さんが咳ばらいをする。

自分がここにいることのアピールだ。

「日下部、帰るか?」

「それもいいかもしれませんが、私には朝比奈社長を導く使命がありますので」

胸に手を当て一礼し、日下部さんはサラリと言ってのけた。

「それは日下部じゃなくとも良さそうだけどな」

「いいえ。社長は汐里さんのこととなると見境がつかなくなりますので。それを軌道修正できるのは、私だけだと自負しております」

やけに自信たっぷりだ。

一成さんは鼻を鳴らすと、ニヒルな笑みを浮かべながら控室のドアを開けた。なにか?と不思議そうにしている日下部さんを外へ出るように仕向ける。

「日下部はその前に、空気を読むことを少し学んだほうが良さそうだな」

そう言いながら、日下部さんを押し出す。控室のドアをカチャリと鳴らし、一成さんは鍵を締めてしまった。

「汐里、本当に綺麗だよ」

「……ありがとうございます」

私のことを眩しそうに見つめる一成さんを前にして、ドクンと鼓動が跳ねる。絡まった視線が、私の心臓をさらに激しく動かしていく。

初めて会ったときのことをふと思い出した。

会って数秒後のプロポーズが、私の人生を百八十度変えることになろうとは考えもしないことだった。

ピントの外れた御曹司だと敬遠していたのに、いつの間にか彼のペースにすっかり巻き込まれ、気づけば一成さん一色に染まっていた私の心。こんなことが待ち受けているとは、想像もできなかった。

でも、彼とならこの先ずっと幸せで満ち足りた日々を過ごせるはず。未来の輝かしい映像が、私の脳裏に浮かぶ。

「汐里、明日から一緒に住もう」

「でも、結婚はまだ——」

「ダメだ。俺と離れたところで、またいつろくでもない男が近づかないとも限らない」

浩輔くんのことなのか、一成さんが私の言葉を遮って不満そうに言う。

「以前ひとり暮らしをしていたマンションなら、すぐに手配できるはずだ」

「それはできません！」

「どうして？」

一成さんが食い下がる。

「だって、おじいさまをひとりにするわけにいかないから実家に戻ったんですよね？だから、ふたりきりで住むことはできません」

ただでさえ、おじいさまは高齢なのだ。家政婦さんがいるとはいっても、一成さんがいるのといないのとでは安心感が違うだろう。

一成さんは穏やかに微笑んでから、意地悪な色を目の端に浮かべた。

「それじゃ交換条件だ」

「なんですか?」

「今ここで、汐里から濃厚なキスをしてくれたら、その条件を呑もう」

「そんな!」

せっかく唇をツヤツヤに仕上げてもらったのに。キスしたら台無しになってしまう。

一成さんは、私が座っていた椅子に腰を掛け、私の手を引っ張って目の前に立たせた。ニコニコと無邪気な笑顔を浮かべて私を見上げる。

「……軽くチュッとするだけですからね」

濃厚なキスは無理だと彼を牽制し、腰を曲げて前屈みになり顔を近づけていく。

一成さんの唇に触れる直前、彼の瞳が鋭く光ったように見えた次の瞬間――。

彼が素早く私を引き寄せる。

「きゃっ!」

バランスを崩した私は、一成さんの膝の上に座るような体勢になってしまった。

そして私の頬に手を添えた彼と唇が重なる。

「——んっ」

グロスが取れちゃう！

彼の胸を押し返したものの、一成さんはビクともしない。いくらおてんばの私でも、さすがに力では敵わないのだ。

強引に唇を奪った割には、そのキスが優しくて、すぐに抵抗する意思が消えていく。突っ張っていた腕を彼の首に回したときには、一成さんの口づけに溺れていた。

「汐里様⁉」

コンコンとドアがノックされる音とともに私を呼ぶ声が響く。この声は多恵さんだ。キスに夢中になっていた私たちは、そこでパッと唇を離した。

「そろそろお時間ですが、どうかされましたか⁉　鍵がかかっているのですが、ご無事ですか⁉」

一成さんとこっそり笑い合う。

「大丈夫よ。すぐに行きます」

ドアに向かって答えると、多恵さんが「では、ここでお待ちしておりますので」と言う。

「……えっと、あと五分待ってもらってもいい？」

「やはりなにかアクシデントでもあったのではないですか⁉」

「ち、違うの。本当に大丈夫だから」

ただ、一成さんともう少しだけキスしていたいだけ。甘い時間をあと少しだけ。

私を膝に乗せたまま、一成さんは声を殺して笑っていた。

「承知いたしました。では、五分後にまた参ります」

多恵さんが立ち去った気配がして、そこで息を吐き出す。

「軽くって言ってなかった？」

彼がいたずらな笑みを浮かべる。

「一成さんが悪いんですからね」

釘を刺すように言いながら、私たちは再び唇を重ね合わせた。

# 番外編

# ふたりきりを待ちわびて

婚約披露パーティーから半年後の十月。

結婚式を一週間後に控えた、ある土曜日のことだった。

「はい、社長も汐里さんもリラックスしてくださいねー。自然体でいきましょう。社長、眉間のシワは伸ばしてください」

パシャパシャというシャッター音が部屋に鳴り響く。

一成さんと私は、都内から車で二時間の距離にあるリゾートホテルの一室にいた。

そこはコンラッド開発が手掛けた場所で、雑誌や口コミサイトのアンケートでは「一度は泊まりたいホテル」のトップテンに常にランクインしている。周囲を森に囲まれた山あいにオールスイートのヴィラが建ち並ぶ、とても静かなリゾートだ。

そんなところで私たちがいったいなにをしているのかと言うと、コンラッド開発の社内報の取材だった。なんでも従業員が結婚をすると、夫婦揃って紙面を飾る定番の記事があるらしい。それが社長ともなれば大々的になり、通常一ページのところを見開き四ページも割くという。

一成さんは断固として取材を拒否したそうだけど、日下部さんが勝手に了承してしまったとのこと。

一成さん曰く、日下部さんの陰謀だそうだ。私たちが婚約するまでなにかにつけて茶々を入れてきた日下部さんだけに、一成さんの中ではその印象が未だに強いらしい。

そのうえ、一成さんは二週間という長期にわたる海外出張から今朝帰ったばかり。疲れているところへきて、車で再び移動させられて、さらに取材とは……。一成さんが不機嫌顔なのもわからなくはない。

当初は、一成さんの実家でおじいさまと一緒に住む予定でいた私たち。

ところがおじいさまの『孫夫婦の邪魔はしたくない』とのひと言で、急きょ新居を探すことになった。一成さんが決めたのは、実家まで車で五分とかからず、なにかあればすぐに駆けつけられる距離にある低層のマンションだ。

今回のインタビューはその新居で行なわれる予定だったが、一成さんは『ふたりの愛の巣に他人を招くつもりはない』と拒絶。それならばと、日下部さんが手配したのが今回訪れている山のリゾートだった。

同行してきた社内報の編集スタッフは大泉(おおいずみ)さんという男性がひとり。目も鼻も口も小ぶりな丸顔に、ふわふわな天然パーマが目を引く。

さっきからその大泉さんは、私たちをソファに座らせて熱心に写真を撮っていた。

「一成さん、もう少し笑ってあげて」

なかなかいい写真が撮れないらしく、大泉さんは困り顔だ。

「社長、お願いしますよー。取材が終わればゆっくりできるんですから」

大泉さんの言うように、取材の後はのんびりさせてもらうことになっている。日下部さんは、今夜ここに一泊できるようにしてくれたのだ。

一成さんには申し訳ないけれど、なかなか予約が取れないことで有名なところだけに私は密かにワクワクしている。

解放感溢れる高い天井、渓谷を臨むようにせり出したテラスからは、森や川の景色が楽しめる。ちょうど真っ赤に色づいた紅葉が、山に彩りを与えていた。

「……わかったよ」

しぶしぶといった様子で一成さんがソファに座り直す。

「では、とっておきの笑顔でいきましょう。はい、チーズ」

何度となくシャッター音を響かせ、ようやく思ったような写真が撮れたのか、大泉さんの口から「よし」という小さな声が漏れた。

「次にインタビューに移らせていただきますね」

「インタビュー？　それはどれくらいかかるんだ」

一成さんが顔をしかめて大泉さんを見る。不機嫌度合がさらに増したようだ。

「そうですね……おふたりの受け答えにもよりますが、だいたい一時間くらいでしょうか」

「一時間⁉　……いや、十分で済ませよう」

のらりくらりと答える大泉さんに、一成さんは無茶なことを言い放った。

でもせっかくこんなところまで来たのだから、さすがに十分では済まないだろう。

「そんなことをおっしゃらないでください。なるべく手短に済ませますから」

大泉さんはバッグをごそごそと漁り、ＩＣレコーダーを取り出して目の前のテーブルの上にセッティングした。

「えーっと、まずはふたりの馴れ初めからいきましょう。おふたりはどちらで出会ったんですか？」

「どこでもいいだろう」

一成さんがばっさりと切り捨てるように返す。

さすがにそれはないだろう。大泉さんはぽかんと口を開けて唖然としている。

「ちょっと一成さん、それじゃ答えになっていませんから」

私がなだめると、一成さんは悩ましそうに目を細め「喫茶店だ」とボソッと答えた。

「喫茶店ですかー」

笑顔を取り戻した大泉さんが相づちを打つ。

「私が働いていたお店に一成さんが来たのが始まりです。いきなり『俺と結婚しよう』って」

「ほお！　いきなりプロポーズですか。さすが強引で有名な社長ですね」

身を乗り出した大泉さんの余計なひと言に、一成さんは眉をピクリと動かした。

「あれ？　ですが、確か汐里さんは、最近コンラッドが傘下に収めた藤沢ゴルフ倶楽部のお嬢さんでしたよね？」

大泉さんが目をぱちくりとさせる。

「そう、ですね……」

「大人の事情が絡んだ結婚ではなかったのですか？」

つまり〝政略結婚〟だと言いたいのだろう。オブラートに包んでいるつもりなのかもしれないが、その効果はまったくない。

そもそもその話を知っているのに、あえて私たちの馴れ初めを聞くなんて、大泉さんも人が悪い。

押し黙ると、一成さんはそっと私の手を握った。俺に任せろと言っているようだ。

「藤沢ゴルフ倶楽部に興味があったのは事実。でもそれは、あくまでもきっかけ。どんな令嬢かと見に行った喫茶店で、威勢のいい汐里に惚れ込んだんだ」

〝威勢のいい〟という部分は若干引っかかったものの、一成さんに改めてはっきり言われると嬉しい。

「威勢がいいとは、具体的にどんなふうに？」

大泉さんが興味津々といった様子で先を急かしながらペンをとった。

「お客の手を捻り上……」

「一成さん！」

一成さんに待ったをかけるべく、肘を掴み慌てて止める。

そんな話まで社内報に載ったら、〝うちの社長はとんでもないおてんばを妻に迎えた〟と思われるかもしれない。そうなれば、恥をかくのは一成さんだ。

「いいじゃないか。汐里は同僚を助けるために、痴漢を懲らしめたんだ」

さっきまで取材に消極的だったのに、一成さんの舌が急に滑らかになる。『どこでもいいだろう』とぶっきらぼうに答えた人物と同じに思えない。

「痴漢を撃退？　それは素晴らしいですね」

「げ、撃退だなんて」

ただちょっと手を捻っただけのこと。

「汐里さん、ぜひお聞かせください」

大泉さんが人の好さそうな笑みを浮かべる。

どうしようかと一成さんを見ると目配せをしてよこした。『聞かせてやれ』ということらしい。

大泉さんは目を輝かせて、私の答えを待っていた。

ふたりから一斉に視線を送られてタジタジになる。どうやら話さずにはいられないみたいだ。

「……一緒に働いているアルバイトの女の子のお尻を触ったお客さんをとがめただけですから」

「それは勇敢ですね」

「撃退なんて大げさなものじゃないんです」

おてんばだという印象を持たれないように、そこは必死にカバーする。

大泉さんはしきりにうなずいた。

「社長は勇気のある汐里さんに好意を持ったと。でも会ってすぐにプロポーズでは、相当驚かれたのでは？」

「そうですね。正直言ってしまうと、最初は頭がどうかしているのかと思いました」

「俺はいたって正常だ」

隣で一成さんが不服そうな顔をして突っ込みを入れるから、私も負けずに「でもそう思ったんです」と返す。

「その後は追いかけ回されましたし」

「あれは汐里が逃げたからだ」

「追いかけられたら普通は逃げませんか？」

「逃げるから追いかけるんだろう？」

〝ニワトリとタマゴはどちらが先か〟のように、永遠に決着のつかない難題だ。

つい大泉さんの存在を忘れて言い合っていると、クスクスという笑い声が聞こえてきた。

「仲がよろしいんですね」

そちらを見れば、大泉さんがニコニコと笑いながら私たちを見ていた。

「当然だ」

一成さんが見せつけるかのように私の肩を抱き寄せるものだから、私は恥ずかしさから身体を硬直させた。

「さて、では次の質問にまいりましょう。お互いの好きなところを教えてください。汐里さんからお願いします」

大泉さんは手のひらを上に向けて私を促した。

急に振られても困ってしまう。

どこが好きだと言われても……。

あれこれ思考を巡らせて、無難な答えを見つけた。

「男らしいところと優しいところ、でしょうか……」

「突然プロポーズというのも、男らしいといえばそうですからね」

大泉さんが大きくうなずきながら、視線を一成さんへと移す。

「では社長は、汐里さんのどんなところが好きですか？」

一成さんはなんて答えるだろう。

ちょっとだけウキウキした気分で彼を見つめると、予想外の言葉が一成さんの口から飛び出した。

「そろそろ終わりでいいだろう」

「……はい？」

これには、私も大泉さん同様に口をあんぐりと開けてしまった。

終わりって、この取材をおしまいにするってこと？

「長い出張から帰ったばかりで疲れているんだ」

「ですがインタビューはまだ始まったばかりで、質問事項もこんなに……」

大泉さんは手にしていたクリアファイルを一成さんに見せた。

それを一瞥した一成さんは、「その質問の答えは後でメールで送ればいいだろう」

と一刀両断。

「それではインタビューのよさが……」

「そこをインタビューっぽくするのが、記者の腕の見せどころじゃないのか」

一成さんからそう言われ、大泉さんはなにも返せなくなってしまった。

『腕の見せどころ』と挑発されれば受けて立ちたくなるだろうし、しかもそれを社長から言われたのだから無理もないだろう。

一成さんが立ち上がりかけたところで、大泉さんが「では最後にもうひとつだけ」

と呼び止める。

「もう何カットか写真撮影をご了承いただけませんか？　せっかくうちが開発して人気を博しているリゾート地に来ているのですから、そこをバックに撮らせてほしいんです」

一成さんはしばらく考えた後、「いいだろう」と応じた。

私たちはさっそく外へ出た。

隠れ家的に点在するヴィラのちょうど中央には人工の川が流れている。

真っ赤に染まった森と水とのコントラストが素敵で、思わずため息が漏れた。日本の原風景が鮮やかに蘇ったよう。

どこを見ても絵になる景色は、インスタグラムで使いたがる人が大勢いるそうだ。

「あ、ここなんかいいですね。絶好のポジションだ」

大泉さんが足を止め、一眼レフカメラを覗き込む。

「では、この辺りでそれとなくふたりで歩いてください。何気ないワンシーンを切り取りたいので」

それとなく歩いてって言われても……。

一成さんと顔を見合わせる。

「よし、さっさと終わらせるぞ」

一成さんが私の手を取り、水辺に沿って歩きだした。

耳に響くせせらぎの音が、なんとも心地いい。

「素敵なところですね」

「構想だけで二年かけたからね。最初は人工じゃなく本物の川を使う予定だったんだ。立地上、やむなくこうなった」

「人工だろうと関係ないです。一成さんが情熱を注ぎ込んだ場所というだけで、ものすごい特別感」

取材はともかく、ここへ来ることを提案してくれた日下部さんには、後できちんとお礼を言おう。

歩きながら一成さんを見上げると、嬉しそうに微笑む彼と目が合った。

気分が高揚してくるのは、非日常的な空間にいるせいか。

ロマンチックな景色と一成さんの甘い眼差し。なんとも言えず照れくさくて目を逸らした。

「はい、では次のスポットへ移動しましょう」

大泉さんに声を掛けられて、ハッとする。ふたりだけの世界にうっかり浸るところだった。

「もう十分だろう?」

「いえいえ、まだ足りません。おふたりは美男美女ですから、このロケーションにことごとくドンピシャで。せっかくですからもっと撮影して、紙面を賑やかにしたいのです」

「いいや、俺たちは十分」

一成さんが大泉さんを回れ右させて、その背中をぐいぐい押す。

「え？　ちょ、ちょっと待ってくださいよー、社長！」

大泉さんがじたばたともがいて反発。しかしそれも虚しく、どんどん私から遠ざかっていく。

「ここの写真なら社にたくさんあるだろう？　それと俺たちを合成すればいい」

なんて無茶苦茶なと思いながら、私もつい笑ってしまった。

「えー？　そんなズルはないですよー」

「つべこべ言わず、言われたようにすればいいんだ」

一成さんは有無を言わさず押しのけ、ついには大泉さんを了承させてしまった。

「そのかわり、インタビューの質問の答えは必ずメールしてくださいよ？　頼みますからね、本当に」

大泉さんは何度も念押しして敷地を後にした。

途端に静けさに包まれる。

一成さんはやれやれといったように肩を小さくすぼめると、私の手を握り直した。

「散歩でもしましょうか？」

部屋から出たついでに、リゾート内をもう少し散策するのもいいかもしれない。

ところが一成さんは「いや」と首を横に振り、私をじっと見下ろした。その視線がにわかに熱いものに変わった気がして、鼓動がトクンと揺れる。

「すぐに部屋に戻ろう」

私の手を強く引き、そのまま歩きだした。

「どうしたんですか？」

「二週間ぶりに汐里に会ったっていうのに。帰って早々インタビューなんて、日下部のやつ……」

憎々しげに口走る。私の手を握る一成さんの手に力が込められた。

「一成さん？」

「俺は一刻も早く汐里を抱きたいんだ」

「……え？」

どことなく機嫌が悪かったのはそのせい？　てっきりインタビューが苦手なのかと思っていたけど……。

早足で歩きだした一成さんに合わせると、私は小走りになってしまう。

懸命についていくと、やっとさっきのヴィラまで戻った。

開けたドアから身体を滑り込ませ、すぐさま閉める。そして、一成さんはその場で私を抱きすくめた。

「……やっと触れられる」

そう言うなり唇が重なる。

二週間分の空白を埋めるキスは、私の想像を遥かに超えるほど熱い。一成さんの舌に口内をかき回されて、意識が遠のきそうになった。

そんなキスをされて、閉じ込めていた一成さんを欲する気持ちが一気に噴出する。

「……一成さん……ここじゃ……」

唇が離れた隙をついて訴えるけれど、一成さんは首を横に振るばかり。

「ダメだ、もうこれ以上は待てない」

一成さんの熱い唇が徐々に下へと移動していく。彼は耳たぶを甘噛みした後首筋を這い、私の胸元に顔を埋めた。

そうされてしまうと、私も立ったままではいられない。膝から力が抜け、その場に崩れ落ちそうになるすんでのところで、一成さんの腕が支えてくれた。

「汐里、ごめん。性急すぎたな」

「……ううん。私も一成さんとこうしたかったから」

会えなかった二週間は途方もないほど長い時間で、夜ひとりでベッドに入ると、このまま永久に会えないいんじゃないかと不安に襲われたくらい。会いたくて仕方がなかった。

ベッドルームに移動し、着ている自分のワンピースを脱ごうとして手をかけると、一成さんがそれを止めた。

「汐里は俺のを脱がせて」

耳元で一成さんが囁くと、それだけで私の背中を甘い痺れが駆け抜けていった。

お互いに脱がせ合い、肌を重ねる。

二週間ぶりの一成さんの体温は心地良くて、それでいて胸が高鳴った。

断続的に繰り返されるキスの合間に、一成さんに問いかける。

「私のどこが……好きですか?」

さっきのインタビューでは、一成さんの出した強制終了により答えを聞けなかった。

「……そんなこと聞く?」

一成さんの目がつやめく。

「聞きたい」

「全部だよ」

甘い吐息が唇にかかる。

「そんなのズルイ」

「だって仕方がないだろう？　汐里の指も唇も、この素肌も。髪の毛の一本一本に至るまで全部好きなんだから。汐里を形成しているものすべてが愛しい」

それを言うなら私も同じ。ううん、そのもっと上をいくかもしれない。

だって、一成さんの身体のすべてはもちろん、一成さんが放った言葉も吐息も、全部丸ごと大好きだから。

「俺以外の誰にも触れさせやしない」

「一成さん以外の誰にも、触れてほしくない」

鼻先に降ってきたキスは、すぐに唇を塞いだ。

一週間後——。
チャペルの重厚な鐘の音が、空高く響き渡る。雲ひとつない青空は、私たちの輝かしい未来を祝福しているように見える。

真っ白なドレスに身を包んだ私は今日、晴れて一成さんの妻となった。

粛々と式を終え、一成さんとふたりでチャペルのドアを開け放つ。

「汐里、幸せになろう」

一成さんの言葉にうなずいた瞬間、色とりどりの風船が真っ青な空に一斉に舞い上がっていく。

一成さんとずっと一緒に。

ずっとふたりで。

ぐんぐんと空の極みまで昇っていく風船を眺めながら、強く願った。

# 特別書き下ろし番外編

# 思い出の場所であの夜を

よく晴れた日曜日の午後だった。

十月の空はどこまでも高く続き、少し冷たくなった風が頬を柔らかく撫でては通り過ぎていく。

早いもので、汐里と結婚してから五年の月日が流れようとしている。

息子の陽斗(はると)は、もうすぐ四歳になるところだ。汐里の子供らしくわんぱくで、小学生向けの遊具にも果敢にチャレンジする頼もしい息子だ。

休日には彼の手を引いて、三人で近くの公園に来ることが定番となっている。

汐里は相変わらず『E・T』が好きで、陽斗を寝かしつけた後に映画鑑賞に付き合わされることもしばしば。ラストには号泣というのも変わらない。

コンラッド開発はあれからも発展を続け、『リゾート開発にコンラッドあり』と謳われるまでになったが、社会貢献はもちろんのこと、環境に優しい開発を目標にさらなる進化を続けている。

陽斗が生まれてからというもの、会長はすっかり丸くなり、陽斗のためならば命も惜しくないというほど溺愛している。汐里のことも実の孫娘のようにかわいがっていて、会長もまた彼女の魅力にノックアウトされた男のひとりといってよさそうだ。

汐里との生活は活力に満ち、陽斗を囲む毎日はまさに幸せそのもの。

なににも代えがたい大切なものだ。

「陽斗！　ほら、足元をよく見ろ！」

「気をつけるのよー」

汐里と揃って声を掛けるが、陽斗は危なっかしい足取りで駆けだしたそばから転び、「ママー」と声を上げて泣きだした。

「ほーら、言わんこっちゃない」

その場に汐里と駆け寄り、陽斗を抱き起こして洋服に付いた汚れを払う。

「大丈夫か？　男の子なんだからもう泣くな」

「そうよ、泣かないでね」

「……うん」

涙を手でごしごしと拭い、陽斗は転んだ痛みをこらえながらへの字口でうなずいた。

「いいか？　男の子は簡単にビービー泣くもんじゃない。大きくなったら大切な人をこの手で守らなきゃならないんだからな。わかったか？」

陽斗の手を取りギュッと握り締める。

「パパもママを守ったの？」

陽斗は涙目で俺たちを交互に見上げた。

「ああ、そうだ。男は女を守るために生まれてきたんだからな」

汐里が陽斗の涙を拭いながら優しい笑みを浮かべ、その様子を見ていた陽斗は「わかった」と言ってうなずいた。

「といってもママはかなりのじゃじゃ馬で、平気で木登りをして落っこちて骨折したりするんだけどね」

「一成さんったらひどい！　それは子供の頃の話なんだから！」

汐里が俺の脇腹を軽く小突いて笑いながら膨れる。

「……ママ、怪我したの？　大丈夫？」

陽斗は心配そうに彼女を見上げた。

「それはうんと小さいときの話だから大丈夫よ。さぁ、いってらっしゃい」

陽斗の両肩をトンと叩くと、彼は「うん！」と元気よく駆けだす。

その小さな背中を見つめながら汐里の肩を抱き寄せた。

それから数日後。

「汐里、今夜は外で食事をしよう」

仕事へ出かけようと靴を履いた玄関先で、俺は汐里に提案した。

「それじゃ、陽斗の好きなハンバーグがおいしい『ミッチェル』はどう？」

「いいや、陽斗は留守番だ」

「……え？」

汐里はポカンとして俺を見上げた。そんな顔をするということは、まさか忘れているわけではないだろうな。

俺が探るような目を向けると、汐里の瞳に閃光が走った。

「結婚記念日だから？」

「おい、忘れていただろう」

「ううん、違うの。もちろん覚えてるけど」

慌てて否定する汐里を訝しんでいると、「本当よ、本当！」と汐里が懸命に釈明する。

「ただ、陽斗を置いていくだなんて……」

「大丈夫だ。お義父さんと多恵さんが明日の朝まで預かってくれるそうだ」

心配そうにする汐里にそう伝えると、「明日の朝まで!?」と狼狽した。

もしかしたら渋るかとは思っていたが、やはりそうきたか。

「結婚記念日なんだから、たまにはふたりきりになったって罰は当たらないよ」

「でも、大丈夫かな……」

さすがに一泊で預けたことはないからか、汐里はまだ不安そうだ。

「陽斗は男の子なんだ、大丈夫に決まってる。それにたまには汐里を独占したい」

そう言って軽く汐里に口づけると、「……わかった」と彼女ははにかみうつむいた。

「いつものフレンチレストランに午後七時だ。着飾ってこいよ」

隠れ家的なレストランは、結婚前からよく利用している店だ。久しぶりにもてるふたりきりの時間に胸を弾ませながら、俺は汐里に見送られてマンションを出た。


約束の五分前、先に到着していた俺の元へ汐里が案内されてきた。

襟や袖口にチュールを配したシルク製のエレガントなワンピース姿の彼女を見て、思わず絶句してしまう。シックなボルドーの装いで女性らしさに磨きがかかり、いつにも増して美しい。

「……似合わない？」

間抜けに見上げたままの俺を見て、汐里の瞳が不安に揺れる。

「いや、そうじゃない。あんまり綺麗だから見惚れたんだ」

「一成さんってば!」

汐里が照れて頬を染めるから、その愛らしさにこの場で抱きしめたくなる。

結婚して五年経った今でも、汐里の美しさは衰えるどころか輝きを増す一方だ。子供を持ったことによる自信も、彼女の美貌に潤いを与えているような気がする。陽斗を見つめる眼差しは慈愛に満ち、男の俺ではとうてい敵わないほどの偉大さを感じさせていた。

「一成さん、早かったのね。少し待つことも覚悟してここへ来たんだけど」

「今日は結婚記念日だからね。早い時間からスタンバイしてたよ」

仕事柄、普段はなかなか時間どおりにいかないことが多いが、今夜は待ち望んだふたりきりの時間。一分でも一秒でも無駄にはしたくない。

「陽斗は平気だったか?」

「うん。お父さまと多恵さんにおもちゃで釣られて『ママ、いってらっしゃい』ってニコニコ顔で送り出してくれたわ」

どこか寂しそうに汐里が笑う。

「よかったじゃないか。たまには離れてリフレッシュするのもいいものだ」

「……そうね。せっかくの一成さんとの時間ですもんね」

汐里は気を取り直したように微笑んだ。

運ばれてきたスパークリングウォーターで乾杯し、汐里の目の前にラッピングされた箱を差し出す。結婚記念日のプレゼントだ。

「開けてもいい？」

「もちろん」

汐里は顔をほころばせながら包みを解き、「わぁ」と小さな歓声を上げた。

中身はダイヤモンドのネックレスと指輪。俺がデザインした世界にひとつのものだ。

「素敵……」

「それからこれも」

そう言ってテーブルの上に薄い紙袋を置いた。

「……ふたつも？　なにかな……」

嬉しそうに紙袋の中を覗き込んだ汐里の手が止まり、「──うそ！」と小さな悲鳴に近い声を上げた。

「これ、どうしたの……？」

大事なものを扱うかのようにおそるおそる中身を取り出し、ゆっくりとまばたきを繰り返しながら俺を見つめる。

「汐里が喜ぶかと思って。……嬉しくない？」

「嬉しくないわけがない！」

汐里は激しく首を横に振り、その顔からは笑みがこぼれた。

彼女の大好きな『E・T』のパンフレットだったのだ。監督や出演者のサインが入った一点もの。パンフレット自体は出回っているが、直筆サインはそうそうないだろう。

「そっちより嬉しそうだな」

先に渡したダイヤモンドを指差すと、汐里は「そんなことない」と慌ててパンフレットを置いた。

「ね、着けてみてもいい？」

汐里がネックレスを手にして小首を傾げる。

「それじゃ俺が」

汐里の後ろに回り込み、髪をかき上げてチェーンを留めた。

「どうかな？」

指輪をはめた汐里が小首を傾げて、顔の横で手をかざす。

「よく似合ってる」

普段あまり貴金属を着けない汐里だが、こうして着飾ると一段と華やかで目に眩しい。汐里が満面の笑みを浮かべて俺を見つめるから、こっちまで嬉しくなる。汐里の喜ぶ顔が見たくて、自分は毎日を生きているのだとしみじみ思ってしまった。

「私からもプレゼント」

汐里が小さな紙袋をテーブルに滑らせた。

「いつも同じで申し訳ないんだけど」

ということは、中身は財布だろう。

汐里が言うことには、『経営者たる者は、つねに綺麗な財布を使うべき』なのだそうだ。美しく新しい財布には良い運気が舞い込むのだとか。一線を退いた彼女の父親も毎年新しい財布に買い替えることが習慣になっていて、それは亡くなった母親から受け継いだ教えということだった。

「いつもありがとう」

「あとね、今年は私ももうひとつプレゼントを用意してるの」

「なにを?」

いたずらな目をして笑う汐里は、「それはもうちょっと後でね」とかわいらしく焦らした。

プレゼント交換が済み、コース料理も残すところ最後のコーヒーだけとなった。

「そういえば今日ね、陽斗、幼稚園のかけっこで一等賞をとったんですって」

汐里が嬉々として話し始める。「四歳前なのに縄跳びもできたの」とはしゃいだ。

「へえ、そうか」

「一成さんに似て、運動が得意でよかった」

「それを言うなら、おてんばな汐里に似たやんちゃ息子だろう」

「あ、ひどい」

汐里は頬を膨らませて笑いながら俺を軽く睨んだ。そして、おもむろに腕時計に目を落とす。

「……陽斗、ちゃんとご飯食べたかな」

汐里が再び不安そうに呟く。陽斗の話題が出たことで、急に気になり始めてしまったようだ。

「多恵さんがいるから大丈夫だろう」

「お風呂は入ったかな。お父さまの言うことをちゃんと聞いているかな」

「心配いらないよ。もう眠っている頃じゃないか？」

時計は九時を指している。普段の陽斗ならとっくに夢の中だ。あとは明日の朝までぐっすり。目を覚ました頃に迎えに行くのだから、なんの問題もない。

「そうかな……。私が隣に寝ていなくて大丈夫かな……」

「汐里」

少し強い口調でたしなめるように名前を呼ぶと、汐里は「ごめんね」と謝った。

夫婦の会話が気づけば子供の話だけになるのはごく自然なことなのだろうが、今夜は結婚記念日なのだ。この夜だけは、ふたりだけの会話を楽しみたい。

「何度も言うが、陽斗のことは心配いらない」

「……そうよね、ごめんなさい」

眉尻を下げて笑う汐里の手をテーブルの上で握った。

「よし、そろそろ出よう」

彼女の手を取り、店を出た。

おそらく汐里は、この後はよく使うホテルのスイートへ行くものだと思っているだろう。誕生日などの記念日には、陽斗も含めた三人でそこで過ごすことがお約束になっているから。だが今夜は違う。

「どこへ行くの？」

普段とは違う道を走っていることに気づいた汐里が、窓の外を見てから俺を見る。

「どこだと思う？」

上昇し続けるスピードメーター。車内には高速道路に等間隔で並ぶオレンジ色の街灯の光が差し込んだ。

「もしかして……」

朝比奈家の別荘へ向かっていることに汐里も気づいたらしい。ふたりで初めての夜を過ごしたあの別荘に向けて、俺は車を走らせていた。

あれ以来使うこともなくすっかり管理会社任せになっていたが、今夜泊まれるように数日前に手配しておいたのだ。

それから一時間後、久しぶりにやってきた別荘は、あの頃となんら変わらない様子で暗闇に浮かんでいた。

「なんだか懐かしい」

感慨深げに呟く汐里の手を取り、丸太で組まれた階段をゆっくりと上がる。

「思い出しちゃうな、あの夜のこと」

汐里の声が弾む。

俺は、汐里のその言葉を待っていたのだ。あの夜へ汐里を――。

鍵を開け、中へ入ると同時に汐里を後ろから抱きすくめる。

「一成さん、ちょっと待って」

俺の腕をトントンと優しく叩き、汐里が俺を落ち着かせようとなだめる。

だが、今夜はそうはいかない。

「待たない」と言って髪をかき上げ、汐里のうなじに唇を這わせた。

「一成さん……？　どうしたの？」

どうしたもこうしたもない。俺はただ、汐里が欲しいだけだ。

ここへ着いてからというもの、スイッチが切り変わったように身体の奥が熱い。

「陽斗のことを忘れろとは言わない。ただ、今夜は俺だけのことを見てくれ」

汐里を反転させると、思いのほか熱っぽい彼女の瞳とぶつかった。

六年前のあの夜も、同様に汐里を連れ去り、ここでキスをした。あのときのように、汐里と濃密な夜を過ごしたい。それだけだった。

ここにあるのはふたりだけの時間。誰にも邪魔されることはない。

汐里が初めて想いを伝えてくれたあの夜も、この場所も、一生忘れることのない大切な思い出だ。

「一成さん、私は昔も今も、あなたのことしか見えてない」

背伸びをした汐里が俺に唇を重ねる。その瞬間、かろうじて残っていた理性が吹き飛んだ。

汐里を抱き込み、貪るように唇を合わせる。歯列を割り強引に舌を絡ませると、汐里から吐息が漏れた。

あのときもそうだった。西野から奪って連れ去ったここで汐里を抱きすくめ、想いをぶつけるように彼女を求めた。そのときのことがフラッシュバックし、さらに俺を昂ぶらせる。

汐里の背中のファスナーを下ろしてワンピースを足元に落とし、首筋からウエストラインに指を滑らせると、汐里の身体が微かに弾んだ。

汐里を抱き上げてベッドへ横たわらせ、自分の着ているものを脱ぎ捨てる。彼女のあらゆるところに口づけ、指先を這わせていくと、汐里の口からはこらえ切れずに甘い声が漏れた。

身体を重ね、汐里の奥深くに沈み込んでいく。

「一成さん……大好き……」

俺に懸命にしがみつく汐里が愛しくてたまらない。これ以上に誰かを愛することはこの先ないと言い切れる。

ふたり一緒に高みまで上り詰め、ピンと張った糸がプツンと切れたように揃ってベッドに倒れ込んだ。

乱れたシーツにくるまり、その中で汐里を抱きしめる。触れ合う肌は、まだお互いに熱を持っていた。

「一成さんが陽斗にヤキモチを妬いていたなんて知らなかった」

腕の中で汐里が小さく笑う。

「俺が陽斗にヤキモチ⁉　まさか、なにを言うんだ」

「だってそうでしょう？」

「――ち、違うぞ。息子にヤキモチを妬くわけがないだろう」

核心を突かれ、情けないほどにうろたえていることは自分でもわかっていた。

「一成さん、かわいい」

「だ、だから、何度言わせるんだ。男に〝かわいい〟はやめろ」

まるであのときの夜を再現しているようで、反論しながらも口元は緩む。

「それ以上言うつもりなら、汐里が喋れないようにするまでだ」

「ごめ――」

汐里の下唇を優しく啄み、反射的に開いた唇の隙間から舌を滑り込ませる。舌先で口内をなぶり、息もつかせないほどの口づけをする。そうしてひとしきりキスを交わした後、彼女をギュッと抱きしめる。

「確かに妬いていたのかもしれないな。汐里の側にはいつだって陽斗がいるから、好きなときにこういうことはできないし」

それでもふたりの顔を見ているだけで幸せなのも事実。三人で過ごせる毎日は、かけがえのないものに違いない。

「そんなヤキモチ屋さんに話しても大丈夫かな。やめておいたほうがいいのかな」

汐里はもったいぶったような顔で俺を見上げた。

「実はね……」

汐里は目線を下げ、自分のお腹にそっと手を当てた。

「──まさか」

頭を過った予想が俺をベッドから飛び上がらせる。

「……うん。四ヶ月目に入ったところだって」

二人目が汐里のお腹に──。

矢も楯もたまらない気持ちが湧き上がる。身体中の細胞が喜びに湧いている感覚だった。身体を起こし、まだ膨らんでいないお腹を優しくさすった。

だがそこでふと、ついさっきの自分の〝行い〟を思い出して不安になる。

「……大丈夫だったのか？」

激しく汐里を求めて抱いたことを後悔した。

「お医者様は、順調だから夫婦生活も今までどおりで大丈夫って」

「そうか……」

ほっと息を吐くと、「でも、お腹の赤ちゃんもさっきのはちょっと驚いたかもしれない」と汐里がいたずらに笑う。

「確かに驚いただろうな……」

汐里を荒々しく突き上げたことを思い出して申し訳なくなり、彼女のお腹に謝罪の意味を込めて「これからはソフトにするからな」とそっとキスをした。

「でも、嬉しかった。あんなに激しく求められて」

恥じらうように汐里が言うものだから、それがあまりにかわいくて、収まっていた欲求に再び火が点きそうになる。

「……たまにそうしてくれると嬉しいな」

「汐里……」

たまらずに汐里を抱きしめる。

「もしかして、さっき店で言ってた〝もうひとつのプレゼント〟ってこれだったのか……！」

腕の中で汐里がコクンとうなずく。

「汐里、素敵なプレゼントをありがとう」

他のどんなものよりも尊いプレゼントだ。

来年の結婚記念日に家族がもうひとり増えているとは。

こんなに素晴らしいプレゼントがあるか？　いや、ないだろう。

「この子が女の子だったら、今度は私がヤキモチを妬く番ね」

慈しむようにお腹を撫でながら、汐里は照れくさそうに笑った。

「その心配はいらない」

汐里は永遠に俺の特別だから。この幸せをずっとふたりで感じていたい。

愛しさを込めて汐里と長いキスを交わした。

END

# あとがき

こんにちは。紅カオルです。このたびは、書籍四作目となる本作をお手に取っていただき、誠にありがとうございます。

今回の作品は政略結婚に御曹司、そして溺愛という、まさに王道まっしぐらの作品でした。書籍化にあたっては細部にわたり展開や構成を見直してすっきりと読みやすくなった上、登場人物の輪郭もはっきりとしたように思います。

なによりも、前向きで明るくたくましい汐里と、男らしく一本気で誠実な一成は、書いている私もハッピーな気持ちになれるふたりでした。私のこれまでの作品の登場人物の中では、ダントツの性格の良さだったのではないかと思います。それが改稿を経てパワーアップし、私の大好きな一作となりました。作者の私が言うのもなんですが、一成はかなりオススメの男性です。私が結婚したいくらい（笑）。

また私の中では、日下部もお気に入りのキャラクターで、機会があれば彼をヒーローにしたスピンオフを短編で書いてみたいです。

一成目線で書いた番外編にはふたりの間に生まれた息子も登場し、彼のみならず汐里への甘く熱い愛情をあますところなく描いたつもりです。本作を手に取った皆様が、新しい年の始まりに楽しんで読んでくださることを祈っています。

そして、いつも申し上げていることですが、本作を書籍として無事に世に送り出せたのは、たくさんの方々のお力添えがあってこそです。鋭い上になるほど！と唸ってしまう指示をしてくださった編集の中尾様、中澤様、素敵なカバーを描いてくださった青井レミ様。皆様のおかげで、素敵な書籍が完成いたしました。本当にありがとうございます。

最後になりますが、読んでくださった皆様、いつも感謝の気持ちでいっぱいです。読者様の存在が執筆を続ける活力となっています。この場をお借りして心からお礼申し上げます。

また次作でお目にかかれますように……。本当にありがとうございました。

紅（くれない）カオル

紅カオル先生への
ファンレターのあて先

〒104-0031
東京都中央区京橋1-3-1
八重洲口大栄ビル7F
スターツ出版株式会社　書籍編集部　気付

紅カオル先生

本書へのご意見をお聞かせください

お買い上げいただき、ありがとうございます。
今後の編集の参考にさせていただきますので、
アンケートにお答えいただければ幸いです。

下記URLまたはQRコードから
アンケートページへお入りください。
http://www.berrys-cafe.jp/static/etc/bb

# 強引社長といきなり政略結婚!?

2018年1月10日　初版第1刷発行

著　　者　紅カオル
©Kaoru Kurenai 2018

発 行 人　松島 滋

デザイン　カバー　河野直子
フォーマット　hive & co.,ltd.

D T P　久保田祐子

校　　正　株式会社 文字工房燦光

編集協力　中澤夕美恵

編　　集　中尾友子

発 行 所　スターツ出版株式会社
〒104-0031
東京都中央区京橋1-3-1　八重洲口大栄ビル7F
TEL　販売部　03-6202-0386（ご注文等に関するお問い合わせ）
URL　http://starts-pub.jp/

印 刷 所　大日本印刷株式会社

Printed in Japan

乱丁・落丁などの不良品はお取替えいたします。
上記販売部までお問い合わせください。
定価はカバーに記載されています。

ISBN 978-4-8137-0380-8　C0193

『冷徹副社長と甘やかし同棲生活』

滝沢美空・著

ＯＬの美緒はワケあって借金取りに追われていたところ、鬼と恐れられるイケメン副社長・椿に救われる。お礼をしたいと申し出ると「住み込みでメシを作れ」と命じられ、まさかの同棲生活が開始！　社内では冷たい彼が家では優しく、甘さたっぷりに迫ってきて…!?

ISBN978-4-8137-0382-2／定価：本体620円＋税

## ベリーズ文庫
## 2018年1月発売

書店店頭にご希望の本がない場合は、
書店にてご注文いただけます。

『婚約恋愛～次期社長の独占ジェラシー～』

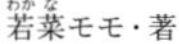

若菜モモ・著

OLの花菜は、幼なじみの京平に片想い中。彼は花菜の会社の専務&御曹司で、知性もルックスも抜群。そんな京平に引け目を感じる花菜は、彼を諦めるためお見合いを決意する。しかし当日現れた相手は、なんと京平！　突然抱きしめられ、「お前と結婚する」と言われ…!?

ISBN978-4-8137-0383-9／定価：本体630円＋税

『御曹司による贅沢な溺愛～純真秘書の正しい可愛がり方～』

あさぎ千夜春・著

失恋をきっかけに上京した美月は、老舗寝具メーカーの副社長・雪成の秘書になることに。ある日、元カレの婚約を知ってショックを受けていると、雪成が「俺がうんと甘やかして、お前を愛して、その傷を忘れさせてやる」と言って熱く抱きしめてきて…!?

ISBN978-4-8137-0379-2／定価：本体640円＋税

『公爵様の最愛なる悪役花嫁～旦那様の溺愛から逃げられません～』

藍里まめ・著

孤児院で育ったクレアは、美貌を武器に、貴族に貢がせ子供たちのために薬を買う日々。ある日視察に訪れた公爵・ジェイルを誘惑し、町を救ってもらおうと画策するも、彼には全てお見通し!?　クレアは“契約”を持ちかけられ、彼の甘い策略にまんまと嵌ってしまって…。

ISBN978-4-8137-0384-6／定価：本体650円＋税

『強引社長といきなり政略結婚!?』

紅カオル・著

喫茶店でアルバイト中の汐里は、大手リゾート企業社長の超イケメン・一成から突然求婚される。経営難に苦しむ汐里の父の会社を再建すると宣言しつつ「必ず俺に惚れさせる」と色気たっぷりに誘い汐里は翻弄される。しかし汐里に別の御曹司との縁談が持ち上がり!?

ISBN978-4-8137-0380-8／定価：本体620円＋税

『気高き国王の過保護な愛執』

西ナナヲ・著

没落貴族の娘・フレデリカは、ある日過去の記憶をなくした青年・ルビオを拾う。ふたりは愛を育むが、その直後何者かによってルビオは連れ去られてしまう。1年後、王女の教育係となったフレデリカは王に謁見することに。そこにいたのは、紛れもなくルビオで…!?

ISBN978-4-8137-0385-3／定価：本体640円＋税

『溺甘スイートルーム－ホテル御曹司の独占愛－』

佐倉伊織・著

高級ホテルのハウスキーパー・澪は、担当客室で出会った次期社長の大成に「婚約者役になれ」と突如命令されパーティに出席。その日から「俺を好きになりなよ」と独占欲たっぷりに迫られ、大成の家で同居が始まる。ある日澪を蹴落とそうとする銀行令嬢が登場し…!?

ISBN978-4-8137-0381-5／定価：本体640円＋税